猫を処方いたします。

石田 祥

PHP
文芸文庫

○本表紙デザイン＋ロゴ＝川上成夫

目次

第一話

薄暗い路地の突き当りで、香川秀太《かがわしゅうた》は雑居ビルを見上げた。マンションとマンションのわずかな隙間《すきま》を埋めるような、そんな造りだ。

散々迷ってようやくたどり着いた。

「……ここ？」

茫然《ぼうぜん》と呟く。

今どき、スマホ検索でも表示できない場所があるのかと半信半疑だったが、これなら納得だ。日の光はまったく届かず、空が遠く霞んでいる。路地は湿気で濡れ、ビルも古くて汚い。

「そもそもなんだよ、この住所は」

京都市中京区《なかぎょう》麩屋町《ふやちょう》通上ル六角《ろっかく》通西入ル富小路《とみこうじ》通下ル蛸薬師《たこやくし》通東入ル。

教えてもらったのは、京都市内独特の住所表記だ。正式な町名や番地があるにも関わらず、市中を横切る道路の名称を使い、東西南北への方向を示す。通りに沿って曲がっていけば目的地の近くまでは行けるが、漠然《ばくぜん》としすぎていて、地元民以外は途方に暮れてしまう。

実際、この雑居ビルにたどり着くまで何度も左折を繰り返し、付近をぐるぐると周回していた。もう諦めようとした時、ふと細い路地の入口が目に入ってきたのだ。

どうして京都市民はこんな曖昧《あいまい》な表記をわざわざ使うのだろうか。他県から来た秀太にとって、京都の通り名はまるで暗号のようだ。たかが住所ひとつにしても、よそ者を寄せ付けない回りくどさを感じてしまう。

秀太は暗い路地でため息をついた。

だが、がっかりするのはまだ早いと、気持ちを持ち直す。立地が悪いからといって、借り主もそうだとは限らない。あとから周りにマンションが建ったのかもしれないし、ギリギリ隠れ家的と言えなくもない。

ビルの入り口は開いていた。エレベーターはなく、奥に階段が見える。照明が暗く、ひと気がないせいだろうか。薄気味悪い。廊下を進むと、並ぶドアのプレートが嫌でも目に入ってきた。会社ばかりの商業ビルだ。どの会社も胡散臭《うさんくさ》く感じる。

そのうち僕もこういう狭いビルの一室で、お年寄り相手に詐欺まがいの電話をする羽目になるんじゃないだろうか。

自分の未来が垣間見え、秀太は慌てて首を振った。そうならないためにここへ来たのだ。五階まで階段を昇ると、フロアの一室に『中京こころのびょういん』はあった。

古くて重厚なドアは、開けると気が抜けるほど軽い。中をそっと覗《のぞ》いてみると、意外にも院内は明るかった。入ってすぐ受付の小窓がある。誰もいない。

「あの」と奥に声をかけた。静まり返っている。休憩時間だろうか。その場で手をこまぬく。電話番号もメールもわからないのだから、予約のしようがなかった。「あの！」今度は大きな声を出した。パタパタとスリッパで床を叩きながら、看護師が現れた。二十代後半くらいの色の白い女性だ。

「はい、何か？」

「すみません。予約はしていないんですが、診《み》ていただきたくて」

「患者さんですね。どうぞ入ってください」

関西訛《なま》りのアクセントに、京都特有のゆるりとしたイントネーションだ。まだ若そうなのにかなり癖がある。

奥に入ると、一人しか座れないソファが置いてある。看護師は待合のソファではなく、診察室に秀太を通した。会社の喫煙室よりも狭く、机とパソコン、簡易椅子が二脚だけの質素な部屋だ。

本当にこれが評判のクリニックだろうか。不安が増していく。

今まで通ってきた心療内科はどこも開放的で優雅だった。入るのに躊躇《ちゆうちよ》するような古い建物ではなく、完全予約制のうえ、診察前の問診票を書くだけで小一時間かかった。すんなり診てもらえるのは有難いが、そういえば保険証も提示していない。

　奥のカーテンが開いて、白衣姿の医者が入ってきた。こちらは三十歳くらいの、なよっとした優男だ。

「こんにちは、うちの病院は初めてですね」

　医者は薄く微笑《ほほえ》んだ。少し高めの、鼻にかかった声。馴れ馴れしいわけではないが、親しむような京都の喋り方だ。

「ちなみにうちのことは、どちらから聞かはりましたか」

「えっと……」

　一瞬、説明に戸惑う。誤魔化《ごまか》そうかと思ったが、正直に言うことにした。

「直接の知り合いではないんです。会社を辞めた先輩に教えてもらったんですが、先輩の弟の奥さんのいとこが勤めている会社の取引先……の、そのまた先の取引先に、こちらへ通っている人がいたそうで、とてもいいクリニックだと聞きまして」

　風の噂以下のいい加減な情報だ。教えてもらったのは、病院の名前と、暗号のような大まかな住所、ビルの五階にあるということだけだ。

　秀太が心療内科を訪れるのは、ここが初めてではない。最初に受診したのは、半年前だ。

　その時も、改善すると期待したわけではなかった。ただ、何かしなくてはいけない。努力はするべきだと思った。そしてネットで評価が高い病院を立て続けに梯子して、結果、自宅と会社の周辺はもう行き尽くした。

ならば風の噂でもいいかと訪れたのが、ここだ。まさかこんな寂れた場所にあるとは予想外だった。

「うーん、困りましたねえ。新患さんはお断りしてるんですよ。ここは私と看護師の二人だけで細々とやっていますんでねえ」

ゆっくり優しく、医者はため息をついた。

秀太は落胆した。ここも駄目か。心の病云々と掲げているくせに、いざ話を聞くとなると親身になってくれる医者は少なかった。

「じゃあ、結構です。そう言いかけた時、医者がニヤッと笑った。急に目付きが悪戯《いたずら》好きの子供のようになる。

「でもまあ、ご紹介ということやし、特別ですよ」

膝を付き合わすほどの狭い空間が、更に密になった気がする。医者は机に体を向けるとパソコンのキーボードを打ち始めた。

「お名前と年齢を」

突如、診察が始まった。

「香川秀太です。二十五歳です」

「今日はどうしはりましたか」

医者が穏やかに聞く。

秀太は緊張した。今までに何度も繰り返した場面だ。そしてどの医者も、割り振った時間内で話を聞いたあとはおざなりな答えを出す。

大変でしたね。頑張らなくてもいいんですよ。

よくここへ来ましたね、ありがとう。

なぜか、優しげに礼を言う医者もいた。そのあとは、似たような薬を出されるのだ。現状を楽にしてくれるのは医者ではなく、睡眠薬だけだった。

「僕は……」

不眠、耳鳴り、食欲不振。

仕事のことを考えると、胸が苦しくなって、息が浅くなって、夜も眠れない。典型的すぎて、なんのインパクトもない。今度こそうまく説明して、この状況を打破しないと。

だが、無意識に本心が零《こぼ》れた。

「会社を辞めたいんです」

「そうですか」

自分の小さな呟きに、すぐさま医者が答えた。秀太はハッとした。

「あ、いいえ。そうじゃないんです。僕は会社を辞めたいんじゃなくて、どうしたら今の会社に居続けられるかなと、そう思ってるんです。僕の勤めてる会社はCMなんかもやってる割と大手の証券会社なんですが、これがなかなかのブラック企業で」

「わかりました」

医者は淡々と言うと、にっこり微笑んだ。

「猫を処方します。しばらく様子を看ましょう」

そして椅子をくるりと回して後ろを向いた。

「千歳《ちとせ》さん。猫持ってきて」

「はい」と、カーテンの向こうから声がして、さっきの色白の看護師が入ってきた。受付では気付かなかったが、目付きに艶《つや》のある個性的な女性だ。派手さはないが美人といえるだろう。看護師は少し訝《いぶか》るような目を秀太に向け、そして不愛想な口調で医者に言った。

「ニケ先生、この人でええんですか？」

「はは、大丈夫でしょう」

対して医者のほうは温和で軽い。風変わりな病院だが、ニケとは医者の名前も変わっている。看護師は持っていた手提げのキャリーケースを机の上に置くと黙って奥へと戻っていった。キャリーケースはプラスチック製で、側面が網の簡易な物だ。

そこに、本当に猫が入っていた。

秀太はぽかんとした。突飛な展開についていけず、言葉が出てこない。すぐそこにいる猫をまじまじと見る。

本物だ。

灰色の、これといって特徴のない普通の猫だ。陰になっていてよく見えないが、大きな丸い目は金色で、警戒するようにこっちを見上げている。

「では香川さん。こちらをとりあえず、一週間続けてみてください」

「はあ」

「あと、処方箋《しょほうせん》をお出ししますんで、受付に渡してください」

「あ……処方箋はもらえるんですか」

「そらそうですよ」

普通に会話をしているが、この状況は普通ではない。秀太はケースの中の猫を見ながら聞いた。

「これ、猫ですか?」

「ええ、猫ですわ」

医者は当然とばかりだ。確かにどう見ても猫なのだが、自信がなくなってきた。

「本物の猫？」

「もちろんですよ。よく効きますよ。昔から猫は百薬の長って言いますからね。ああ、つまりそこらへんの薬よりも、猫のほうがよう効くいう意味ですわ」

意味もおかしい。困惑する秀太に医者が小さな紙を一枚渡した。

「こちら処方箋になります。受付でいるもんもらって帰ってください。では、次は一週間後ということで。予約の患者さんがお待ちですから、そろそろ」

そして帰れと言わんばかりにドアを示す。ぽかんとしていた秀太だが、我に返った。笑いがこみ上げてくる。

「あはは、なるほど。へえ、これってアニマルセラピーとかいうやつですね」

いきなりで驚いたが、なんてことはない。動物と触れ合うことで心を癒そうというのか。秀太が笑いかけても医者は無反応だ。様子を窺《うかが》っているのだと思った。

「こんなふうに患者をびっくりさせるのも治療の一環なんですか？　ああ、そうか。それでどこにも情報を載せていないんですね。確かに一瞬、頭が真っ白になったもんな。猫を処方か……。おもしろいですね」

ケースに顔を近づけ、中を覗き込む。猫は大きく目を見開き、視線を逸《そ》らさない。動物には詳しくないが、向こうも戸惑っているらしいと苦笑いをする。

「可愛いですね。でもなんだかこの猫、僕のこと好きじゃないみたいですよ」

「ん？　どれどれ」

医者はそう言うと、頰が触れそうなほどに顔を寄せてきた。距離の近さにギョッとするが、向こうは平気なようだ。ケースの網に鼻先を付け、中の猫を凝視している。

「うん？　どうやろ、大丈夫やな。うんうん、大丈夫や言うてますわ」

「いや、言ってませんよ。怖がってますって」

「そうですか？　どれどれ」医者がまた鼻先をケースに付ける。近すぎてこっちがヒヤヒヤするくらいだ。「どうや、あかんか？　あかんことあらへんやんな？」

そして顔を上げると笑った。

「あかんことあらへんと言うてます」

「いや、そうじゃなくて、僕みたいに動物に慣れていない人間は、猫のほうが嫌がりますよ。たとえセラピーでも可哀想《かわいそう》じゃないですか」

「ご心配なく。慣れてへん人でも猫の効き目はばっちりです。患者さんがお待ちなので、そろそろ」

医者はにこやかに言うと、立ち上がった。キャリーケースを持ち、秀太の膝の上に置く。

「え？　ちょっと」

「次は一週間後に」

有無を言わせぬ笑顔だ。秀太はわけがわからないまま、キャリーケースをかかえて診察室から出た。医者の圧で追い出されたといってもいい。

待合のソファには誰もいない。ぼうっと佇《たたず》んでいると、受付の小さな窓口から、白い手が呼んでいる。

「香川さん、こちらへどうぞ」

「は、はい」

まるで映画の世界に入り込んだみたいだ。どこかにカメラでも仕掛けてあるんじゃないだろうかと、キョロキョロする。

戸惑いながら受付へ行くと、小窓から看護師が顔を覗かせていた。

「処方箋をお預かりします」

言われるまま、医者にもらった紙を渡す。看護師は小窓から姿を消した。

キャリーケースが不安定に揺れた。ズシリと重い。

妙な感じだ。こんなふうに生き物を手に持つなんて、小学校で飼育していたウサギ以来だ。茶番に付き合わされても、猫はおとなしくしている。偉いものだと顔がほころんだ。

看護師は戻ってくると、「どうぞ」と小窓から紙袋を出した。

強引に押し付けられ、秀太は両手で持っていたキャリーケースを片手に持ち替えた。猫が滑って傾《かたむ》く。

「おっと、ごめんよ。あのすみません、この紙袋の中身、なんでしょうか。結構重いんですけど」

「そちらは支給品になります。中に説明書が入っていますから、よく読んどいてください」

看護師は淡々と言った。なまめかしい京都弁が、逆に突き放したように冷たい。

紙袋の口からは、プラスチックの皿やトレイ、餌《えさ》らしき袋が見えた。猫の飼育に必要な物というわけか。随分と凝った演出だ。凝り過ぎて不安になってくる。

「これってまだ続くんですか？　なんだかちょっと、やり過ぎっていうか」

「わからへんことがあったら、先生に聞いてください。ではお大事に」

看護師は事務的に言うと、もう目線を落として別の業務をしている。

「あの」

「お大事に」

「あの」

それ以上進まず、秀太は両手に荷物を持ったまま部屋を出た。両手が塞がっているのでドアを開けるのもひと苦労だった。

いったい何が起こっているのだろう。茫然とする。

廊下の先からガラの悪そうな男が歩いてきた。男は秀太の前を通り過ぎると、隣の部屋のドアを開けた。

ふと、視線を感じた。男が不審そうな顔でこっちを見ている。今にも何か聞かれそうだ。

秀太はその場を離れた。ケースを傾けないように注意しながら階段を下りるのは大変だった。ビルから出ると、路地のカビ臭さが鼻につく。現実のものだ。手に重くぶら下げた荷物も現実だ。

とてもいいクリニックらしいと、先輩から聞いた。先輩は弟から聞き、弟は奥さんから聞き、奥さんはいとこから——。人を跨《また》ぐたび、噂は変わる。一歩、二歩と足を進めても、小芝居は終わらない。後ろからあの色っぽい看護師が追いかけてくることもなければ、ドラマの撮影のように、カットの声もかからなかった。

荒療治か、はたまた詐欺か。病みかけた自分の手元には猫。

巡り巡って、とんでもない病院へたどり着いてしまったと、どこか遠いところで自分が笑っていた。

　生き物を運ぶというのは、難しかった。横断歩道を速足で渡ることもできず、重いからと肩掛けするわけにもいかない。ともすれば居心地悪そうに動く猫入りのケースを手に、三十分以上かけてアパートへ帰り着いた。途中からは腕が痛くて仕方がなかった。

　ケースを床に置くと、猫にもそれがわかったのか、急にガタガタと暴れ出した。いつまでも狭い箱に閉じ込めておくのが可哀想で扉を開ける。

　だが、猫は出てこない。

「どうした、猫。出てきていいんだぞ」

　それでも出てこない。心配になって少しだけ覗くと、猫はケースの奥で身を縮めている。

　どうしたものか。秀太は紙袋を探った。同じ大きさの容器がふたつ。餌の袋を振るとカサカサと音がする。ドライフードらしい。

「とりあえず水かな」

　容器に水道水を入れ、ケースの前に置いた。猫は出てこない。

「そういや、説明書があったたな」

チラチラ様子を窺いながら、中に入っていた紙を読む。

『名称・ビー。メス、推定八歳、雑種。食事、朝と夜に適量。水、常時。排泄処理、適時。基本的には放置して問題ありません。誤飲の危険がある小さい物、皿やコップなどの割れる物は引き出しにしまってください。鉢植えなども注意が必要です。室内からは出さないでください。以上』

それだけだ。もう一度読み返したが、たいしたことは書かれていない。

「まいったな。猫なんか飼ったことないよ。一週間も面倒みられるかな」

この平たいトレーと猫砂はどうやって使うのか。放っておいても、部屋を汚さずに用を足せるのだろうか。餌の量は？　壁を引っ掻いたりはしないのか？

不安だらけだ。聞ける相手もいない。トイレや餌のことはネットで調べるしかない。

だが猫の名前はわかった。床に這《は》いつくばってケースを覗くと、金色の目と目が合う。

「ビーか。おい、ビー、出て来いよ。おまえ、女の子なんだな。腹減ってるだろ。餌やろうな」

もう夕方だ。人間だって夕飯の時間なのだから、きっと猫も餌の時間だろう。キャットフードの裏面を読み、スマホで検索をしながらだいたいの量を考えていると、ケースから猫が少しだけ顔を出した。

「おっ、来たな」

　だが猫はすぐに引っ込んだ。せっかく出てきたのに声で驚かせてしまったらしい。今度は息も飲むまいと待っていると、しばらくして、また猫が頭半分を外に出した。上目遣いで秀太を見ている。そのままお互い我慢比べのように沈黙が続く。警戒というより試されているようだ。妙な座り方をしているので足が痺《しび》れてきたが、小刻みに震えながら耐える。

　ようやく、猫が上げた片肢をひょいとケースから出した。しかしまだ爪先は床に着かない。いつでも奥に戻るといわんばかりの目だ。

　頼む、出てきてくれ。もう痺れがやばい。

　あと少しで限界というところで、猫がそっと前肢を下ろした。丸い肢が床に押し付けられ、赤ん坊の手首のように肉付きよく線が出来ている。これはなかなかの可愛らしさだ。一歩、二歩、最後にスルリと長い尻尾が出てきた。

　猫、意外にでかいな。

　まずそう思った。部屋に肢を下ろした猫は大きいわけではないが、もっと細いイメージだった。壁と壁の間をすり抜ける映像を見たことがある。猫は灰色の毛布のようにふんわりしていて、もし隙間に入り込んだら毛布が溢れ出るだろう。

秀太は崩れ落ちて驚かさないように、歯を食いしばりながら足を伸ばした。無言で悶《もだ》えるこちらに知らん顔をして、猫は水の入った容器に近寄った。フンフン嗅ぐと舌先で水を飲む。

痺れた足をさすりながら、不思議な気持ちでその様子を眺める。ピチャピチャと小さく跳ねる水音は、今まで部屋になかった音だ。猫は少し警戒心を解いたのか、右左と部屋の様子を窺っている。その目の先がまだ開けていない餌の袋に止まった。

「はは、よしよし。ちょっと待ってろよ」

水の次は餌。割とわかりやすいなと顔がほころぶ。

袋を開けて、もうひとつの容器にキャットフードを入れる。ザラザラと流れる最中も猫は行儀よく座っている。てっきり飛び付くと思ったが、その場から動かず、丸い目いっぱいに瞳孔を広げて様子見している。

「食べろよ。美味そうじゃないか。ほら」

秀太はスナック菓子のようなキャットフードを指でつまむと、食べる真似をしてみせた。だが猫は微動だにせず、こいつは何をやっているんだというふうに凝視している。

なんだか自分が馬鹿っぽくなり、ベッドに仰臥《ぎようが》した。気のない振りをしながら、目の端で猫の動きを追う。

　やがて、猫は忍び足で餌を入れた容器に近付くと口元を動かした。カリカリコリコリと、控えめな音がする。存在感は大きいのに物静かだ。これが猫というものかと、横になりながらぼんやり思った。

　一人暮らしのこの部屋に、猫がいるのは変な感じだ。あらためて見ると、乱雑に物が積まれている。漫画やゲームは長い間放ったままだ。平日は寝に帰ってくるだけで、休みの日もやはり昼まで寝ている。物が少ないわけではないのに、なんの楽しみも見いだせない部屋だ。

　鉢植えなんか、あるはずがない。

　あったとしても、とっくに枯れている。

　それでも久しぶりに秀太は部屋を片付けた。床に散らかったペットボトルのキャップや、コンビニ弁当の箸を捨て、服や雑誌を隅っこによける。

　何かしなければと、病院を梯子する以外に自ら動いたのは本当に久しぶりだ。たかが部屋の掃除だが、妙に清々しかった。

「あ、そうか。こういうのが一番ヤバいんだ」

　テーブルの上に出しっぱなしの睡眠薬が、急に厄介な物に変わった。まとめて引き出しに仕舞う。

餌を食べ終わった猫は匂いを嗅ぎながら、ゆっくりと部屋を歩き回っている。重さなど微塵《みじん》も感じさせない、軽やかな足取りだ。冒険する猫を見ているのは心が和んだ。強引すぎる療法だが効果は抜群だ。

猫はどこで寝るのだろう。寝床は用意されていない。寒い季節ではないが、フリースでも丸めて置いておこうか。もしかしたらベッドにもぐりこんでくるのかな。そんな想像をしていると、あっという間に時間が過ぎ、その夜は薬を飲むことも忘れて眠っていた。

秀太はキャリーケースを腕に抱きかかえ、一気に五階まで駆け昇った。『中京こころのびょういん』へ飛び込むと、息を切らせながら、ケースを受付の小窓へ突き出した。受付にはあの不愛想な看護師が座っている。

「ね、猫。この猫のことで、先生と話がしたいんですが」

「香川さん。ご予約は四日後ですね。猫もまだ四日分、残ってますよ」

「いや、だからそういうの、もういいんです」興奮に息切れも重なり、口がうまく回らない。「とにかく、先生と話したいんです。何時間でも待ちますから」

「それやったら、診察室へどうぞ」

「だから何時間でも待つって……え？」

「診察室へどうぞ」

看護師はそう言うと、もう目線を落として別の作業をしている。秀太は唖然《あぜん》とした。会社からアパートへ戻り、猫をケースに入れると大急ぎでここへ来た。とにかくこの怒りをぶちまけないと、気が済まない。だがこうあっさり通されると拍子抜けだ。

「あの」

「診察室でお待ちください」

看護師は一顧だにしない。仕方なくケースをかかえると、またあのソファの前を通り、狭い診察室で待った。

膝の上のケースに、ズシリと重みを感じる。不安定なのか、猫は落ち着きがない。

悪いのはこいつじゃない。わかっていても、怒りが収まらなかった。カーテンが開いて医者が現れた。

「あれ、香川さん。また来はったんですか。今日はどうしはりましたか」

人の良さそうな笑みを見た途端、秀太は爆発した。

「クビになったんですよ！　会社を！　この、この猫のせいで！」

やっぱり悪いのはこいつだと、ケースの縁《ふち》を強く摑む。猫にもそれが伝わったのか、中から威嚇《いかく》してくる。

「おやおや、それはよかったですね」

医者は笑って言った。秀太は目を剝《む》いた。

「よ、よかった？」

「だって辞めたがってはったやないですか。無事、辞めることができて解決ですね。いやあ、やはりこの猫で正解でした。効果抜群や」

医者は満足げに笑っている。その笑顔に少しだけ頭が冷えた。

駄目だ、まともに付き合うだけ馬鹿らしい。そもそも、何の施術《せじゅつ》もされていないのだ。

それでもやはり文句だけは言ってやろうと、秀太は膝の上のケースを机に置いた。

「僕は会社を辞めたいなんて思ったことはありません。せっかく入れた一流企業を辞めたくないからこそ、相談に来たんです」

すると医者は首を傾《かし》げた。

「ブラックや言うてはりませんでしたか？」

「それは……そんなのは、どこだって似たようなもんだ。大手だろうと中小だろうと、完璧なところなんてない」

あんな劣悪な会社を庇《かば》うなんて、自分でも驚く。今まで友人からも散々言われてきたことだ。どこに行ったたって同じ。給料が出るだけマシと思え。贅沢《ぜいたく》すぎるんだよ、と。

自分にもそう言い聞かせ、なんとか踏ん張ってきたのだ。だがそれも無駄に終わった。秀太は暗く沈んだ。

「こんな簡単にクビにされるなんて、あんまりだ。今までずっと我慢してきたのは、なんだったんだ」

「うーん」と、医者は腕時計を見た。「よければ、お話だけでも聞きましょうか？予約の患者さんはまだ来てはりませんし」

医者の声は憐《あわ》れんでいるようで、どこか面白がっているようにも聞こえる。

秀太は脱力した。このクリニックはよそとは違う。つらいと訴えても、涙をこぼしても、表面上ですら同情してくれない。だが、親身な振りをされるよりマシなのだろうか。目の前に座る変な医者は薄笑いを浮かべている。

「──猫を連れて帰ったその日は、何も問題なかったんです。ビーはおとなしく寝てくれたし、朝も餌を用意して、僕は普通に会社へ」

そう。少しばかり癒されたのはその夜だけで、あとはいつもの繰り返しだった。猫に解決できるほど、ブラック企業は甘くなかった。

猫って、案外チョロいんだな。

おとなしく餌を食べる猫を見て、秀太は微笑んだ。目が覚めたら、部屋がとんでもないことになっているんじゃないだろうか。そんな心配は無用だった。

猫はテーブルの下で丸くなっていた。何も悪さはしていない。秀太が起きると、すぐに寄ってくる。たった一日でもう懐いたのか。それとも元々、そういうふうにしつけされているのか。洗面所へ行こうとすると後ろからついてきた。

「なんだよ、おまえ。餌がほしいのか？」

笑って見下ろすと、猫は頭をこすりつけてきた。三角耳を折りながら、意外な強さで秀太の足に顔をこすりつける。夕べは引っかかれるのが怖くてさわれなかったが、こうも懐いてくれれば無視はできない。

額のあたりを指先でさわると、ツルツルとしていた。不思議な感触だ。ブラシのような細かな毛を想像していたがまるで違う。猫がパッと顔を上げたので、やばいかなと手を引っ込めた。だが猫は逆に首を伸ばし、もっと撫《な》でろと顔を押し付けてくる。秀太の手のひらを目いっぱい使って、自分からグリグリと毛を割り入れてくる。

「うわ、おまえ、ホワホワだな」

だがぬいぐるみほど頼りなくはない。しっかりとした手ごたえも感じる。例えるならなんだろう。ホワホワの……テニスボール？

短く見えるのに、指の間を透く猫の毛は深かった。奥のほうにはもっと柔らかな白っぽい綿毛がある。昨日はただの灰色に見えた表面の毛並みも、間近で見るとうっすら茶色が混じり、優しい波模様を描いている。綺麗だと思った。

それにものすごく押しが強い。柔らかく、グイグイくる。

結局、まとわり続ける猫に根負けし、自分の支度よりも先に餌と水を用意した。動物がいると生活のリズムが乱されるらしい。

「こういうのも、悪くないかもな」

餌を食べる猫をしゃがんで見つめる。ゆうべよく眠れたお陰で、久々に体が軽い。だからといって会社へ行きたくないのは同じだ。

でも、今日を乗り切れば。

それが朝の呪文だ。今日を乗り切れば、明日はきっと楽になる。辞めるわけにはいかないのだ。

水を飲む猫の額を指先で掻いてやると、気持ちよさそうに目をつぶった。なんだか、本当に今日を乗り切れば道が開けそうな気がしてきた。

だがそれは気のせいだった。

「うちの課のナンバーワンは、三週連続で間宮《まみや》君や。さあ、みんな、拍手！」

フロアに響く江本《えもと》のしゃがれ声が、秀太の胃を鷲づかみにした。

まばらに拍手が起こる。毎週、朝礼で行われる見せしめの儀式だ。窓を背にした課長席の前で、その席の主《あるじ》である江本は、営業社員の間宮を晒《さら》し者にしている。

「みんなの足を引っ張っているんは、この間宮や。間宮がいるせいで、どんなに頑張ってもうちの課の数字は未達成や。なあ、間宮。気分ええやろう。何もせんでも給料がもらえるんやからな」

大阪出身の江本は、ここが京都ということもあってか、公の場でも関西弁を使う。間宮は俯《うつむ》いたまま黙っている。フロアにいる営業社員の誰もが、彼を直視できなかった。あそこに一度でも立たされると、精神がボロボロになる。居合わせるだけでも吐き気がした。

「おい、香川！」

急に江本に呼ばれ、秀太はギクリとした。

「は、はい」

「おまえも僅差やぞ。おまえら二人とも、よう会社に来れるな。俺やったら恥ずかしくて、とっくに辞めてるわ」

やたらと通りの良い大きな声が、また胃を締め付ける。こういう時の対処法は、俯くよりも苦笑いすることだと学んでいた。

「あはは……」

「あはは、やないわ。アホが。おまえみたいにヒョロヒョロで生白いやつは、大抵仕事ができひんのや。できる営業マンいうんはな、外回りで真っ黒に日焼けしとるもんや。俺を見てみい。これがほんまもんの男の腕や」

江本は自分のこげ茶色の腕を見せた。手首から先が日焼けしていないから、ゴルフ焼けなのでは。もちろんそんなことは言わない。

「ははは……」

秀太が薄笑いをやめずにいると、江本は舌打ちをして別の社員に絡み出した。

「おい、まさか残業申請するつもりちゃうやろな。こんな成績で、残業代まで搾り取るつもりか？　おまえら会社貢献って言葉知らんのか」

売上のよい営業社員以外には、誰かれ構わず罵声を浴びせている。書類の束やボールペンで頭を小突くのもしょっちゅうだ。だが一番堪えるのは朝礼での辱《はずかし》めだ。秀太も何度か晒し者にされ、恥ずかしさと惨めさで、震えが止まらなかった。そして生贄にされると、しばらく誰からも声を掛けられない。掛ける言葉がないのだ。

みんな、明日は我が身だと必死だ。江本は強烈なパワハラ上司で有名だが、他の営業部ではノルマを達成できない社員に人権はない。耐えられない者は辞めていく。

居続けるためには、成績を上げなくてはならない。

予定していた外回りを終えたが、やはり今日もたいした資金投入は得られなかった。長々と話を聞いてくれるお年寄りはいたが、結局、証券口座の残高は増やしてもらえなかった。顧客訪問で金融商品を買ってもらえることはまれで、特に秀太のような若手は、ほとんどが門前払いだ。

金融というのは、顧客から手数料を巻き上げることが仕事だと、証券会社に入って知った。運が良ければ、薦《すす》めた商品の価値が上がって客には感謝される。だが、客を儲《もう》けさせるのは仕事ではない。預金を積み上げさせることが目当てだ。

証券会社があるのは、烏丸《からすま》通と四条《しじょう》通が交差する京都市内でも商業ビルが密集する場所だ。周りには銀行や百貨店があり、人通りが絶えない。京都に来た初めの頃は、大きなビルが立ち並ぶ一等地で働けることに胸が躍ったものだ。

それなのに今は、行き交う観光客から睨まれるほど足取りが重い。

席に戻れば、すぐに江本に呼び付けられ、成果を報告しなければならない。またどやされるだろう。ノロノロと歩いていると、後ろから肩を叩かれた。同僚の木島《きじま》だ。向こうも疲れた顔をしている。

「よう、香川。ちょうどよかった。おまえと話がしたかったんだ」

木島は同じ部の営業社員だ。歳も近く、秀太と似たタイプのおとなしい男だ。成績も同じく下から数えたほうが早かったので、落ちこぼれ組として以前はよく愚痴《ぐち》を言い合った。だが木島は最近たまに大口顧客を獲るようになり、最下位争いから抜けていた。

二人は会社近くの喫茶店に入った。道草する理由ができて、秀太はホッと息をついた。何をするにも行動が遅くなっていた。

「今朝の間宮、ひどかったよな」

木島がポツリと言った。

「うん、最近はあいつが標的にされてるな。見てるこっちが変になりそうだよ」

秀太はそう言ったが、心のどこかで直接攻撃されるよりはマシだと思っていた。間宮がいてくれて助かっていた。もし彼がいなくなれば、次にあの場に立たされるのは自分だ。

「木島君はいいよね。最近、ずっと好調だし。どうやったらあんな低金利の商品を売りつけられるのか、教えて欲しいよ」

つい、嫌味を言ってしまう。売り方のノウハウなど今更教えられても意味はない。社内の講習やロープレで散々やっているのだ。数字が取れる営業マンは根本が違う。そこを無視してノルマを押し付ける会社が、やはりブラックなのだ。

木島も、少し前まではそんな愚痴をこぼしていた。

だが今日は違う。彼はフッと笑みを浮かべた。

「俺、辞めるんだ」

「え?」

「これ、おまえにやるよ」

木島は鞄から封筒を出した。中には、書類が入っている。

「これ、何?」秀太は尋ねた。

「江本課長の顧客に渡す書類。収支報告とか、入金明細とか、受領書。お客さんごとにファイルされてるから、そのリスト先に配ってくれ」

「いやいや、おかしいだろ、こんなの」

書類を見ながら、秀太は顔が歪《ゆが》んでいくのを抑えられなかった。

「お客に明細を直接渡すなんて厳禁だし、それにこれ」書類の一枚を見て、頬が引きつる。「領収書だろ。営業が簡単に持ち出せる書類じゃないよ。確か収納課とか、そういう専門の部署からでないと発行されないはずだろう。その……不正防止のために」

最後は言い淀んだ。嫌な汗が滲《にじ》んでくる。

木島は薄く微笑んでいる。

「俺にもよくわからないんだけど、江本課長曰く、収納課にコネがあるから特別に発行してもらえるんだとさ。俺らみたいな下っ端とはキャリアが違うんだから、細かいことは気にするなって」

「そう……なのか？」

「そうらしいよ」

木島は穏やかに笑い返す。

そんな話は聞いたことがない。だが下っ端の知らないことは山のようにある。知らないことのほうが多いくらいだと、秀太は無理やり納得した。

「そうか。まあ江本課長がそういうなら、きっとそうなんだろうな」

「リストの顧客は昔から付き合いのある上客だから、回るだけでたまに新規もくれる。楽な仕事だよ」

「だったらどうしてそんな割のいい仕事を僕に？　そもそもなんで辞めるんだよ。木島君は成績もいいのに」

「俺さ、前はあの朝礼で、毎週立たされてただろ。江本課長に、歴代ワーストワンのアホ社員だって罵られてさ」

木島は恥ずかしそうに笑った。秀太は戸惑った。事実だし、本人が言うのだから頷くしかない。

「う、うん」

「もう限界だって思った頃、売り上げを回してやるって江本課長に言われたんだ。あいつがそんなこと言うなんてびっくりしたけど、その時はもう、朝礼から逃げることしか考えられなくてさ。客先に書類を届けるだけで済むなら、たいしたことじゃないって思った。実際、ほとんどがお年寄りだから、渡すついでにちょっと世間話に付き合えばいいんだ。今日も午前中は江本課長の客先回りをしてたんだ。お馴《な》染《じ》みになったおばあちゃんで、俺が来るのを楽しみにしてくれてるんだ」

「そういうお客さんいるよね」

「俺、四国の出身なんだ。そのおばあちゃん、それを覚えてて、わざわざ四国のお菓子を用意してくれててさ。それを食ってる時に言われたんだ。一流会社に勤めて、自慢の息子さんねって。ご両親も喜んでるでしょうって」

グサリと、胸に杭を打たれた気がした。

何も言えない秀太に、木島は笑いかけた。

「その時、思ったんだ。全然自慢の息子じゃないよなって。成績が悪すぎて上司に逆らえない駄目なやつなんだって。そしたら急に、必死で会社にしがみついてるのが馬鹿らしくなったんだ。あ、俺、今なら辞めれるなって。だからもう戻らない。

戻ったらまた同じことの繰り返しだから」

　木島が立ち上がった。彼の曇っていた目は、すっきりと晴れている。

「そのファイル、本当なら次はきっと間宮に渡されるはずだよ。あいつもかなり参ってるからさ。あいつは断れないだろうな」

「いや、待ってよ。こんなの僕だって」

「香川は大人しいけどさ、俺や間宮と違ってこのままじゃ駄目だって足掻いてるもんな。きっと立ち向かう勇気があるよ」

　ぽかんとしている間に、木島は喫茶店から出て行ってしまった。顧客のファイルを残して。

　どうしていいかわからず、それでも置いていくわけにはいかない。秀太はファイルを封筒に戻して自分の鞄に仕舞うと、虚《うつ》ろなまま会社へ戻った。いつものように江本に呼び付けられても、心ここにあらずだ。江本は苛立たし気に舌打ちをした。

「ケッ、嘘でもええから、せめてやる気くらい見せたらどうや。おい、木島はどうした？　今どきの若いモンは帰社予定も守られへんのか」

　定時はとっくにすぎたが、多くが当然のようにサービス残業している。秀太は落ち着かなかった。何時間経っても、木島は戻ってこない。

「おい。誰か木島に電話せえ。たかが客先回りに何時間かかってんねん」

江本が怒鳴った。周りが目で忖度《そんたく》し合い、営業の一人が電話を掛ける。だが何度掛けても出ない。やがて苛立った江本は自分から電話をした。それでも出ない。

江本の怒り狂う姿を見て、秀太は生きた心地がしなかった。

本気か？　本気で戻らないつもりか？

足元に置いた鞄をそっと奥へと押し込む。木島に押し付けられた書類は、今、自分が持っている。

会社貸与の携帯が繋がらないと、江本は個人のスマホに連絡をしている。それでも木島はつかまらなかった。周りが奇妙な顔で目配せをし始めた。本来なら、江本は営業マン一人が戻らないくらいで騒ぐタイプではない。

そのあと秀太は目立たないように会社を出た。京都市役所の近くにある古いアパートまで、いつもなら地下鉄に乗るのだが、考える時間がほしくて歩いた。

一番いいのは、なんとかして木島に書類を返す。

それが無理なら、明日の朝、早くに出勤してこっそり江本の机に入れておく。

最も悪いのは、リスト通りに顧客を回り、木島の代わりを務める。

「どれも嫌だよ。なんで僕がこんなことを」

顔をしかめながら、アパートのドアを開ける。すぐそこに猫がいた。ニャアと、小さく鳴く。

「しまった。ごめん。おまえのこと、すっかり忘れてた」

秀太は玄関先でしゃがみこんだ。灰色の体を撫でようと両手を出すと、するりと猫のほうから手の中に入ってきた。目を閉じて、頭をグリグリとこすり付けてくる。

「ごめんよ、ほんとに。もっと早くに帰るつもりだったんだけど」

水が空っぽだ。本当にしまったと、唇を噛んだ。上着も脱がず、容器に水と餌を入れる。

しばらく、猫が食事をする姿を見つめていた。

「……猫一匹、面倒みられないなんてな。おまえは愚痴も言わずに、じっと待っててくれる。おまえのほうがよほど偉いよ」

部屋のどこも引っ掻かれていない。悪戯もせずにいい子で待っていたのだと思うと、目の奥が熱くなった。

微《かす》かな電子音がした。スマホが鳴っているが、ポケットにはない。「そうか」と鞄を探る。デスクのものを全部滑り込ませ、逃げるように会社を出たのだ。

スマホを見ると、母親からだ。

「もしもし、母ちゃん?」電話から聞こえてくる母親の声が、秀太の胸を締め付けた。「いや、もう家だよ。帰ったとこ。……うん、いや、食ったよ。大丈夫」

たまにかかってくる母親からの電話はいつもお決まりで、たいした用事はない。秀太もいつもと同じ返事だ。

「……だから、何度も言ってんだろう。中途採用とは違うんだって。第二新卒。新卒より重宝されるんだよ。今はそういう時代なの」

母親はいつも、秀太がうまくやれているか、その心配ばかりだ。秀太は大学を卒業後、地元で中堅の食品会社へ就職したのだが、配属された僻地《へきち》の工場で古参のパート社員にひどく虐《いじ》められ、半年も経たずに辞めてしまった。人生初の大きな挫折に、茫然自失となったことをよく覚えている。

両親の、特に父親の落胆した顔も覚えている。言葉にはしなかったが、大学まで出した息子がすぐに無職となり失望したのだろう。

だから前よりも知名度の高い今の会社へ再就職できた時には、心底嬉しかった。親や周りへの面目は保てた。そう思っていたのだ。

「……大丈夫、心配しないでよ。今の職場は前とは違うよ。一流会社なんだよ。レベルが違うんだから、レベルがさ」

軽く、乾いた笑いを返した。心がカサカサと砂漠化していくようだ。

「……だからさ、これでも結構、期待されてるんだって。……今日も朝礼でさ、トップまで僅差だって上の人に言われたよ。うん？　いや、すごくないよ。僅差っていっても、他もみんなそうなんだ。みんな頑張ってるんだ」

みんな、頑張ってるんだ。

声が震えないように、頰を引き上げる。みんな、頑張っているんだ。自分だけが頑張れないわけはない。

電話を切る。そばでは灰色の猫が餌を食べ終わり、前肢で口の周りをぬぐっている。そしてその肢をペロペロと舐め出した。

——餌を食べたばかりの舌で舐めたって、綺麗にならないんじゃないの？

フッと笑みが浮かぶ。猫は丹念に前肢を舐めると、今度はその肢で顔をこすり始めた。しっかりと丁寧に、時間をかける。目をこする仕草はまるで人間だ。頭や耳まで毛繕《けづくろ》いをすると、満足した様子でくつろいでいる。

「呑気でいいな、猫は」

秀太は手を伸ばすと、猫の頭を撫でた。猫は大人しく撫でられていたのに、手を離すと、すぐにまた自分の前肢を舐めて顔にこすり付ける。ヘアスタイルを乱されたのが気に食わないようだ。さっきよりも一生懸命に顔をこすっている。

「なんだよ、おまえ。失礼なやつだな。よし、もっとクシャクシャにしてやるぞ」

手を伸ばすと、猫はしなやかな動きでよけた。少し離れたところでまた毛繕いを始める。

「ごめん、ごめん。もうしないから、おいで」

だがもう寄ってこない。甘えは終わりだといわんばかりのツンとした態度に、声を出して笑う。誤魔化しの嘘以外で笑ったのは久しぶりだった。

木島から押し付けられた厄介事も、会社でのつらさも、一瞬だが忘れていた。まだ忘れられるのは猫の効能だろうか。

ふと、今日を乗り切れば、明日は本当に楽になれるかもしれない。そう思った。

遠くで音が鳴っている。ああ、そうかと、薄目を開ける。今日は早くに出勤しようといつもより早めにアラームをセットしておいたのだ。

小高い音と一緒に妙な音もした。ガリガリ、ビリビリ。

朝から耳鳴りか。自分で自分を笑う。だがバリバリと大きな音がして、ベッドから飛び起きた。

部屋中に紙吹雪が巻き散らかっている。

これはなんだ？　僕の部屋か？

茫然としていると、またビリリと音がした。部屋の隅っこで、猫が器用に前肢で紙を押さえ付けながら、口で引っ張り紙を破いている。

「ビー、ビー……、それ、何やってんの」

虚ろに尋ねても、猫は答えない。だが紙を咥《くわ》えたまま顔だけは向けた。『採算報告書』と書かれた紙が千切れていく。

秀太は愕然とした。今日、こっそり返そうと思っていたあの書類だ。猫はまるで見せつけるように、紙の束に爪を立てた。

「なんで……なんでこんなことに」

ゆうべ、預かった書類は封筒から一度も出していない。だが見ると、鞄の蓋が開けっ放しになっていた。スマホを出した時、そのままにしてしまったのだ。猫は封筒を咥えて、引っ張り出したのだろう。

ニャアと、足に柔らかい体がこすりつけられる。しなやかな感触が、薄いパジャマを通して伝わってくる。踏み場もないほど紙切れが散乱する中でも、猫は軽やかで、足音もさせなかった。

秀太は隠れるように会社へ出勤した。経理部の顔見知りは、前に飲み会で近くに座った坂下結衣菜《さかしたゆいな》だけだ。どうか彼女がいますようにと祈りながら、コソコソと経理部を訪れた。

まだ早いので、出社している社員はまばらだ。その中に結衣菜の姿を見つけて、ホッとした。目立たないように彼女を呼ぶと、向こうも秀太を覚えてくれていた。

「ええと、営業部の香川君よね？　どうしたの」

「坂下さん、一生のお願いです。どうか助けてください」

　秀太がビリビリに破れた書類を見せると、結衣菜は目を見開いた。

「何、これ。お客様向けの領収書？」

「江本課長の顧客なんだ。収納課で特別に発行してもらっていて、これがそのリスト」

　リストだけが、猫の被害から逃れて無事だった。顧客名と住所の一覧を見て、結衣菜が眉根を寄せる。

「こんなに大勢。これを、営業さんが直接お客様に手渡ししてるっていうの？　そんなのあり得ないんだけど。それに、どうしてこんなにビリビリなの？」

　明らかに怪しむ結衣菜を納得させるため、秀太は正直に事情を説明した。ただ木島のことは黙っておいた。両手を合わせ、深々と頭を下げる。

「どうかお願いします。江本課長に内緒で再発行してください」

「ええ？　そんなの無理よ。顧客書類はちゃんとした承認がないと出せないのよ。こんな口頭の依頼で、しかも営業さん個人へ手渡しするなんてできないわ」

「でも、江本課長はコネでやってもらってるらしいんだ。リストの顧客は古い付き合いの上客だっていうから、僕らの知らない処理方法があるんじゃないの」

「そう……とは思えないけど」

結衣菜は不審そうに顔を曇らせている。秀太は必死に頼み込んだ。

「江本課長にバレたら、僕は殺されるよ。あの人、本当に鬼みたいなんだ。お願いだから内緒で書類を揃《そろ》えてください。お願いします」

何度も頼むと、結衣菜は渋々と言った。

「まずは発行履歴があるかどうか、確認してみるわ。もしかしたら、私の知らない社内規定があるかもしれないし」

「そうだよ」と、秀太はホッとした。「なんてったって、ここはブラックだからさ。残業代もまともに出ないし」

「会社なんて、どこもブラックでしょう」

結衣菜は皮肉っぽく笑うと戻っていった。

解決とまではいかないが、少しだけ光が見えてきた。結衣菜にも好感を覚えた。しっかりしているので、きっと力になってくれる。もしうまくいかなかったとしても何かお礼をしよう。

午前中は、そのまま予定していた訪問先へ向かい、営業部へ戻ったのは午後だった。江本は自席で、不機嫌そうに黙り込んでいる。静かなことが気になったが、誰もあえて近寄らない。秀太も素知らぬ振りをした。

夕方になり、経理部へ様子を見に行こうと営業部を出た途端、後ろからワイシャツを引っ張られた。すごい勢いで非常階段の踊り場へ引きずられる。それが江本だとわかり、秀太は息を飲んだ。

「か、課長」

「おまえ、どういうつもりや！」

江本は蒼褪《あおざ》め、口の端から泡を噴き出させていた。今までの恫喝《どうかつ》とは違う、鬼気迫るものがあった。

「経理部に書類の再発行を頼んだんやって？　ふざけんなよ！」

江本の手にはクシャクシャになったリストが握られていた。全部、バレてしまった。秀太は体中の力が抜けるのを感じた。膝が折れそうだ。

「す、すみません。お客様の大事な書類を、不注意で汚してしまって」

「そんなことはどうだってええんや！　なんでおまえがこれを持ってるんや！　木島はどうしたんや！」

「それは……」

耳元で怒鳴られ、鼓膜《こまく》が破れそうだ。まさか江本がここまで激怒するとは。何をどう説明すればいいのかわからず、ただ怖かった。

「木島君は……僕に書類を預けて、辞めました。もう戻らないそうです」

すると江本はぽかんとした。何かを探すように、定まらない目で足元を見ている。そして急に顔を上げた。

「おまえ、辞めろ」

「え？」

「今すぐ辞めろ。おまえも辞めろ。な？　おまえらみたいなんがいたら、会社に迷惑がかかる。元々、おまえらみたいな役立たずの営業は使い捨てや。書類のことは俺がうまく言っといたる。これな、重要書類の紛失やぞ。ほんまやったら懲戒解雇やけど、自己都合ってことでうまいこと辞めさしたるわ。な？」

江本がじりじりと迫る。笑っているが、目は血走っている。

秀太は混乱した。

「課長、こ、これは紛失じゃありません。実はうちの猫が悪戯をして」

「どうだってええんや、そんなことは！」

大声が非常階段を突き抜けた。江本は秀太のシャツの襟首をつかむと、締め上げた。

「クビや！　クビや！　おまえみたいに書類偽造するようなやつは、クビや！」

「か、課長？」

「証拠は揃ってるんやからな！　おまえが経理に不正書類を依頼したっていう証拠が！　おまえと木島はグルになって、客を騙そうとしたんや！　証拠は揃ってるんや！」

この人は、何を言っているのだろう。

支離滅裂《しりめつれつ》な展開に、秀太は茫然とした。ただ、クビという言葉に強烈なショックを受けていた。

「俺を舐めんなよ！　どんなことしても、絶対にクビにしたるからな！　おまえらみたいに会社に損害しか与えへんやつは、いなくなったほうが周りのためなんや！　辞めろ！　辞めろ！　辞めてしまえ！」

プチンと、何かが切れた。秀太は江本に背を向けると階段を駆け下りた。怒鳴り声も罵倒も、耳に入ってこない。今すぐ、ここから逃げなければ。その思いだけだった。

診察室の机に置いたケースから、ニャアと小さい声がした。

秀太は居た堪れない気持ちになった。あの恫喝のあと会社から飛び出し、アパートに帰って無理やり猫をケースに入れた。猫にとっては、何が起こったのかわからないだろう。

　だが、自分も同じだ。何が起こったのかわからぬまま逃げてきた。理解するよりも、萎縮《いしゅく》した心を守る方が優先だった。

「ふーむ」と、医者はとぼけたように腕組みをした。「なるほどね」

「……いきなり、クビだ、クビだと怒鳴り散らされて、わけがわからないですよ。そりゃあ、会社の大事な書類を駄目にしたのは僕のミスです。でも、それだけでそこまで怒るなんて」

　状況を説明しているうちに、幾分か冷静さを取り戻せた。ここへ駆け込んだのは場違いだったかもしれない。少し、きまりが悪い。

「ふーん」と、また医者はとぼけたように言った。「私は市井《しせい》のことには詳しくありませんけど、クビというのは、そう簡単にできるもんではないんとちゃいますか？　あ、千歳さん、この猫、持っていって」

　医者は入ってきた看護師に言った。看護師は無表情のままケースを持つと、奥へと消えていった。視界から猫がいなくなり、小さな喪失感を覚える。だが秀太はそれを押し込めた。

「普通はそうでしょうね。でも、仕事でメンタルやられても、長期休暇より退職を促すような会社です。江本課長のあの勢いでは、本当に懲戒解雇もあり得ます。そんなことされたら、もう再就職もできなくなる」

「そうですか。まあ、あまり気にしすぎんように。ではそろそろ、予約の患者さんが来はるんで」

医者は笑顔で出口を示した。少し頭が冷えた秀太だったが、また怒りが湧いてきた。

「僕の話、聞いてました？　会社をクビになったんですよ！　理由はなんであれ、きっかけはおたくの猫が書類をビリビリにしたせいでしょう。それをそんな他人事みたいに……。どう責任を取ってくれるんですか」

「責任と言われても、困りますねえ」

医者はのらりくらりとしている。

「うーん、つまりは、香川さんはそのブラック企業に戻りたい。そういうことですね」

「え？」

秀太は小さく息を飲んだ。

それが、自分の望みだろうか。もし戻れたとして、本当にあの職場でやり直せるのか。木島が言っていたように、戻っても同じことの繰り返しなのではないだろうか。

だが両親には言えない。昨日まで心配無用だとうそぶいていたのに、いきなりクビになったなどと、どうして言えるだろう。

　暗然と、膝の上で握り締めた拳を見つめる。

「……あそこへは戻りたくありません。どこでもいい。どこか勤め先を探この際、どこでもいい。どこか勤め先を探
してきてくださいよ」

「わかりました。では、猫を処方しましょう」

　医者は振り返ると、カーテンの向こうに言った。

「千歳さん、猫持ってきて」

　すぐに看護師が現れた。また、キャリーケースを持っている。そして不機嫌そうに言った。

「ニケ先生、ほんまにこの人でええんですか？」

「はいはい。大丈夫ですよ。千歳さんは心配性やなあ」

「知りませんからね、私は」

　看護師はつっけんどんに言うと、机の上にケースを置いて出て行った。この病院では医者と看護師は対等、もしくは看護師のほうが偉そうなくらいだ。

　不安な目で見ていたせいだろうか、医者は秀太に苦笑いをした。

「あはは。僕が頼りないんで怒られてばっかりですわ。でもうちの看護師さん、ああ見えて優しいとこもあるんですよ。よく言うツンデレってやつですわ」

「はあ」

医者のほうも人懐こいようでいて、急に人を突き放すような摑みどころのなさがある。見た目は穏やかで柔和な青年だ。まだ独身だろうか。もしかしたら今の和風美人の看護師とデキているとか。

そんな妄想をしながら、机の上に置かれたケースを見る。秀太は目を瞬いた。

「これ、同じやつですよね」

中にいるのは、灰毛金目の猫、ビーだ。こっちを見上げている。

「ええ。副反応も出ていませんし、しばらくは同じ猫で様子をみましょう。そうですね、今回は十日分お出しします。もし合わへんようでしたら、途中でも結構なので連絡してください」

「あの」

「はい」

「同じ猫なんですか？」

秀太は放心しながら聞いた。医者が不思議そうにケースの扉を覗く。

「もっと強い猫がええですか？」

「い、いいえ。この猫でいいです」

秀太が頷くと、医者はにっこり笑ってケースを押し付けた。

「ではお大事に。ああ、処方箋を出しますんで、受付でもらって帰ってください」

また追い立てられるように診察室を出る。受付では、看護師が無愛想に待ってい
た。

「こちらが支給品になります。中に説明書が入っていますから、よく読んどいてく
ださい」

袋の中には餌と砂の袋に加えて、段ボール素材のボードが入っている。爪とぎ用
だろうかと目で問うと、看護師は素っ気なく言った。

「そちら、壊れたり猫が気に入らへんかったりしたら、別の物を買ってください」

「あ、僕が自分で買うんですか」

もう一つ、オレンジ色の首輪が入っていた。自分の手首ほどの小さな首輪だ。そ
れに紐。リードだろうか。どれも新品だ。

「あの、これは」

「中に説明書が入っていますんで、お読みください」

「これって」

「お読みください」

「……はい」

ぼんやりしながら、ケースと紙袋を持って病院から出た。今度は何が書いてある

のだろうかと、袋の中から説明書を取り出す。

『名称・ビー。メス、推定八歳、雑種。食事、朝と夜に適量。水、常時。排泄処理、適時。外へ出す際には必ず首輪とリードをしてください。ストレス発散のために、こまめに爪とぎをさせてください。情緒不安定になる恐れがありますので、長時間、一匹にさせるのは避けてください。以上』

外へ出すとは、どういう意味だろうかと、虚ろな笑いがこみ上げてくる。犬のように紐に繋いで散歩をしろということか。首輪だけでも可哀想なのに、そんなことはしたくなかった。

ビルから出ると、路地から見上げる空はもう暗い。

「ビー」

秀太は猫に呼びかけた。猫もこっちを見ている。手に下がる重さが、そろそろ馴染んできた。

ビルを出てぼんやりとしていたせいだろうか。気が付くと、アパート方向とは違う通りを歩いていた。

目の前に錦《にしき》市場が見える。錦小路通のアーケード商店街だ。そこを通り抜けようとすると、ケースの中で猫がガタガタと暴れた。人通りの多さと食料品店の匂いに反応しているのかもしれない。

錦市場に入るのはやめ、北に曲がる。少し進むと、六角通の先から大きな音が聞こえて、またケースがガタガタ揺れる。六角堂の鐘の音だ。猫が怯えて大きな声で鳴くので、仕方なくまた東に曲がる。

自分がどこにいるかわからなくなり、秀太は適当に歩いた。ここらは碁盤の目のようになっているので、とりあえず真っ直ぐ進めばどこかの大通りに出る。

とぼとぼ歩きながら、変わった通り名の読み方を覚えたのも無駄だったなと思った。メイン通りの烏丸通だって、初めは烏と鳥を間違えたものだ。それもすべて無駄に終わった。

通りの先にコンビニがある。普段は通らない道なので入ったことのない店だ。アパートに帰っても食べる物がないし、ケースの中の猫も静かなので、立ち寄ることにした。だが、弁当の陳列棚を眺めても欲しい物は見つからない。

食欲もない。仕事もない。そのうち金も尽きるだろう。

そして彼女もいない。ふと、今朝話した坂下結衣菜のことを思い出した。責めるつもりはないが、なぜあのリストが江本に渡ったのか聞きたい。落ち着いたらそのうち、メシにでも誘ってみようか。

自分の能天気さがおかしくなって、秀太は一人で笑った。すると、すぐ近くにいる若い男が睨んできた。

「おい、こら。何笑ってんねん」

頭にタオルを巻いた作業服の男だ。こういうガラの悪そうな手合いからは逃げたほうがいい。秀太はそそくさと出口の方に顔を背《そむ》けた。

その拍子に、手に持っていたケースの蓋が開いた。ぴょんと猫が飛び出す。

「え？」

足音も立てず猫はコンビニの床に降りた。あっという間だった。ちょうど客が自動ドアを開け、猫はその足元をするりと抜けていった。

「ビー！」

秀太はすぐにあとを追った。だが、もう猫の姿はない。駐車場には何台か車が停まっている。車の下にいないかと、這いつくばってみる。

「嘘だろ。おい、ビー。どこいったんだよ」

ニャアと、小さな声がした。顔を上げると一台の黒い車のボンネットに猫が座っていた。ホッと息をつく。

「よかった、ビー。おいで……」手を伸ばした時、猫が両手でガリガリとボンネットを引っ搔いた。

息を飲んだ。血の気が引く。

だがもっと驚いたのは、背後からの大声だ。

「うわあああ！」

さっきの作業服の男だ。真っ青になっている。

「アニキの新車が！」

作業服の男は車に駆け寄った。猫は慌てて飛び上がると、今度はボンネットから車の屋根へと乗った。そしてそこでもまたガリガリと爪を立てた。

「えらいこっちゃ！　えらいこっちゃ！」

作業服の男は半泣きになって、傷のついたボンネットを自分の服の袖で拭っている。秀太は茫然としていた。猫が足元に戻ってきたので、ぼんやりしたまま抱き上げる。

「ビー……」

「おまえの猫か？」

静かな低い声にギクリとした。いつの間にか、すぐそばに男が立っていた。厳《いか》つい顔付きに渋めの装い。金の太いネックレスが襟元から覗いている。

作業服の男が泣きそうになりながら走り寄り、男に向かって深々と頭を下げた。

「ア、アニキ！　すんません！　このクソ猫が」

「アホウ！」

凄みのある怒鳴り声に、作業服の男も、そして秀太も硬直した。行き交う人も動きを止めて見ている。

「猫に文句言ってもしゃあないやろが！」

「す、すんません！」

作業服の男は勢いよく頭を下げた。強面の男は車のボンネットを見て、舌打ちをしている。

「おい、兄ちゃん」

固まったままの秀太に、強面の男が言った。

「は、はい」

「俺は細かいこと言うのは嫌いやけどな、こういうのは飼い主の管理不行き届きいうやつやろう。つまり猫には罪はないが、飼い主のあんたには罪がある。そう思わへんか？」

「は、はい。お、思います」

「よし。じゃあこの落とし前はきっちりつけてもらうで。おい、康介《こうすけ》。この兄ちゃんを事務所まで案内しいや」

「はい」と、作業服の男は顔を上げると、恨めしそうにジロリと睨んできた。

事務所とは……ヤバい系の事務所？

頭の中に、つるし上げを食らう自分の姿が浮かぶ。最悪だ。仕事もなくし、命までなくすのか。

腕に抱いた猫はズシリと重く、そしてとても温かい。どうでもよさそうに、大人しくしている。

そういえば説明書にあった。外へ出す際には必ず首輪とリードをしてください。ストレス発散のために、こまめに爪とぎをさせてください、と。

傷だらけになった黒い車を横目に見ながら、首輪とリード、そして爪とぎは、こうならないために入っていたんだと思った。

事務所の壁には、小さな神棚が飾ってある。

気になるのはそれぐらいだ。

てっきり日本刀や代紋でも掲げてあると思っていたのだが、連れてこられたのはいたって普通の建築会社だった。駐車場には小型のショベルカーや軽トラックが停めてあり、幅広のニッカポッカを穿いた男たちが頻繁に出入りしている。

秀太は膝の上に猫の入ったケースを乗せ、事務所の片隅の応接セットで待っていた。ここへ来るまでの道すがら、黒塗りの車を運転しながら、自社ビルなんだぜと樋口《ひぐち》康介は自慢げに言っていた。よく喋る男で、他にも社長の奥さんから新車を買う許可がなかなか下りなかったことや、社長は新車が来るまで毎日ウキウキしていたことを教えてくれた。後部座席では、当人である陣内《じんない》が不機嫌そうに黙ってい
た。

「はあ？　いきなり傷物にしたやて？」

甲高い声が事務所に響いた。

「康介！　あんた、何やってんのよ」

見ると、眼鏡をかけた神経質そうな中年女性の前で、康介が立たされている。康
介は悄然《しょうぜん》としていた。

「すんません、サツキ姐さん。猫のヤロウが、いきなりガリガリと」

「猫のせいにしてるんとちゃうわ！　運転手を買って出たんはあんたでしょうが。

それに、その姐さんってのもやめ。まるでヤクザの女房みたいやないの」

「すんません、サツキ姐さん」

康介が頭を下げると、事務所にいる社員からクスクスと笑いが起こった。どうや
らサツキという眼鏡の女性はこの会社の上役らしい。

低い笑い声がした。事務所の奥の革張りのソファで、社長の陣内がふんぞり返っ
ている。

「どこにこんなケチなヤクザの女房がおるねん」

「なんやて」と、サツキが睨みを効かせる。「そもそも、コンビニへ行くらいでいちいち車出さんときいや。まったく、新しいもん買ったらすぐに喜んで……」サツキはブツブツ文句を言いながら秀太の前に座った。神経質そうに眉間にしわを寄せている。

「どうも。うちの経理を任されてる陣内です」

「は、はい。香川といいます。このたびはとんだご迷惑を」

秀太は頭を下げた。社長と同じ苗字ということは、この人が奥さんだろうか。チラと見ると、冷ややかなサツキと目が合った。

「あなた、おいくつなん？　若そうやけど学生さんとちゃうやんね。お住まいはどちら？　保険には入ってはんの？　こっちで修理費見積るから、うちの車両保険使うかどうか保険屋に相談するわ。おたくもそうしてちょうだい。まあ、たいした金額にはならへんと思うけど、なにせ新車やからね」

「え、ええと」

矢継ぎ早に色々と言われ、秀太はしどろもどろになった。するとサツキは訝し気に眉を寄せた。

「あなた、お仕事は？　スーツ着て猫の入ったケース持ち歩いてるなんて、何したはるの？」

「ええと、その……仕事は、ありません」

「あらへん？」

「昨日まではちゃんとした会社に勤めていたんですが、たまたま今日クビに……いえ、辞めてしまって」

「無職ってこと？」

グサリと、シンプルな結果が秀太の胸に突き刺さる。「はあ」とうなだれる。

急に影が差した。ふと見ると、社長のほうの陣内が見下ろしている。

「俺にはな、ふたつ、許せへんことがあるんや」

「へ？」

「ひとつはな、健康なくせに働きもせんと、ダラダラしてる若いやつや。そういうやつを見ると無性に腹が立つ」

「あの、僕はダラダラしてるわけではなく、ほんとに今日の午前まではちゃんとした会社で」

「もうひとつはな！」いきなり、陣内は声を張り上げた。「猫ちゃんを虐めるやつや！」

「猫ちゃん？」

秀太はギョッとした。その拍子にケースの中で猫が動く。猫とはビーのことだろうか。そして虐めるやつとは、まさか僕か？

「そうや。こんな可愛い生きモンを虐めるなんて、絶対に許せへん。そういうクソ野郎は俺が根性叩き直したる！」

　陣内が怒鳴ると、サツキは鬱陶しそうに顔を歪めた。

「あんた、声がでかいわよ。猫、猫ってまったく……。香川さんでしたっけね？　この人のことは気にせんといて。猫の動画チャンネルの見過ぎで、自分でも飼ってるつもりになってんのよ」

「ケッ」と、陣内は忌々し気に舌打ちをした。「俺が飼い主やったら、そんなすぐ蓋の開くような安物のケースには入れへんし、そもそも首輪もせずに外に連れ出さへん。もし迷子になったらどうする気や。無責任とちゃうんか？　ああ？」

「あの、首輪ならあります。家に帰ったら着けるつもりだったんです」

　秀太は慌てて紙袋から首輪を取り出した。陣内はそれを見ると、更に大声で怒鳴った。

「サイズがおうとらへんやないか！」

　陣内は紙袋をひったくると、中身をばらまいた。病院でもらった餌の袋を見て、目をひん剝く。

「なんやねん、これは！　おまえ、ちゃんと成分表見て買ってんのか！　炭水化物の割合が多いやないか！　成猫用やったらもっと動物性のタンパク質がいるんとちゃうんか！」

「タンパク質？」

猫に、タンパク質？　膝の上のケースに目を落とす。奥に引っ込んでいるせいで猫は見えない。

「そういうの、よくわからなくて……。でもちゃんと猫用の餌だし、問題ないかなって」

「なんやとお」陣内の目付きがどんどん凄みを増していく。「おまえ、その猫ちゃんは何歳や。どう見ても子猫とちゃうやろが」

「た、確かに子猫ではないですが、そんな大きな猫でもないし……。あ、そうだ。説明書には八歳って書いてありました。まだ八歳です。それに昨日もその餌を食べてましたよ。結構うまそうに……」

「おまえは、鬼か！」

陣内の激高に、秀太はあんぐりと口を開いた。陣内こそが鬼のような形相で怒りまくっている。

「八歳っていやあ、シニアに足突っ込みかけの一番微妙な頃合いやろうが！　それをいい加減なことしよってからに！　おまけにこんなちっちゃい首輪で締め上げて……。気に食わへん。気に食わへんぞ！」

「ちょっと、あんた。声が大きいって。香川さんがびっくりしてはるやないの」

サツキが呆れ顔で止めに入る。秀太はホッとした。だが眼鏡の奥の眼光は、陣内のそれよりも険しかった。

「修理代、ざっと見積もって百万ってところやね」

「百万？　まさかそんな」

秀太は苦笑いした。冗談かと思ったが、陣内夫婦の顔付きを見て、本気なのだと愕然《がくぜん》とする。

「む、無理です。そんなお金ありません。仕事も辞めたばかりだし」

「それやったら、おまえ。明日からうちで働け」

陣内は凄みを効かせた。

「修理代は日当から差し引かせてもらうで。うちは本気で働くやつには、それなりの給料は払う。半年もすりゃ、帳消しになるやろう」

「働くって」

事務所にいる作業服の厳つい男たち。陣内も秀太よりひと回り体が大きい。明らかに力仕事だ。それでも、もしかしてと上目遣いをする。

「あの、経理のお手伝いとかでしょうか？」

「現場に決まってるやろが。外でバリバリ働いてこい」

「無理です。僕、力仕事とかしたことなくて、スポーツもあまり得意じゃないし」

「ガタガタ言わんと明日から来い。ええな?」と、見下ろす陣内の目に殺気が籠っている。

ああ、と秀太は諦めた。確かに、どこでもいいと言った。だがせっかくブラック企業から逃げ出せたのに、もっとひどい先に捕まるとは。

ケースの中では猫がガサゴソと落ち着きなく動いている。猫の処方箋をもう一度読み直して、今度は何ひとつ間違わないようにしなければと思った。


「おい、兄ちゃん。そんな持ち方やと、腰やってまうぞ」

日焼けした武骨な男たちが、笑いながら鉄材を運んでいく。秀太の父親より年上であろうに、みんな棒切れでも持つように軽々と担いでいる。

住宅地の小さな公園の補修工事だ。古い足場を壊して新しくコンクリを塗り固め、伸びすぎた木々を伐採する。作業班の一員として参加した秀太は『工事中』の立て看板をヨタヨタと移動させた。さっきの三角コーンもだが、見たことはあっても触れたことのない物ばかりだ。砂利を運ぶ一輪車はまともに扱うことができず、切った枝葉を掻き集めれば自分の足につまずいて転び、周囲を呆れさせた。

ようやく昼の休憩になり、みんなはサッサとコンビニへ向かう。持参の弁当を広げている作業員もいる。だが秀太は疲れて、座り込んでいた。

ふと影が差した。顔を上げると、昨日車を運転していた樋口康介がいた。「ほれ」と、弁当を差し出す。

「え、買ってきてくれたの？」

秀太は弱々しく笑いながらコンビニ弁当を受け取った。康介は隣に座った。

「陣内社長とサツキ姐さんから、面倒みろって言われてんのや。まあ、あんたは俺が拾ったみたいなもんやしな」

「拾ったって……。はは」

康介はどう見ても年下だ。多分二十歳そこそこだろう。年齢を聞くと、今年で二十二歳だと答えた。

「まあ、そういう俺も社長に拾ってもろたんやけどな。俺、何年か前はヤバいとこまでいっててさ」

康介が屈託なく笑う。弁当を食べながら、秀太は尋ねた。

「ヤバいって、仕事がなくて金欠ってこと？」

「そうそう。金がなさすぎて、あのコンビニで強盗やらかす寸前やってん。でも居合わせた社長に見つかってもうて、事務所に拉致《らち》られてボコボコにされてん。あんたはラッキーやで。猫がいて助かったなあ」

聞きたいこと、聞きたくないこと、色々あるが深入りはよそう。秀太は乾いた笑いだけ返した。必死に働くしかない。そしてできるだけ早く修理代を払って、次はちゃんとした仕事を探すのだ。

日が暮れる前に作業は終わった。事務所に戻ると、ベテランの作業員は中に入っていく。器具を運び下ろすのは新人の役目だが、秀太はフラフラで、ほとんど康介がやってくれた。

こんなに体を使ったのは久しぶりだった。明日はきっとひどい筋肉痛になるだろう。おぼつかない足で事務所に入ると、経理担当の陣内サツキが日雇いの作業員に現金を手渡していた。今どき、こんな職場もあるのだ。

「ほら、香川君。君もはよ取りにきてよ」

「え？　僕も日雇いの扱いですか？」

「そうやで。だってあんた、まだ前の会社を退職してないんやろう。サッサと手続きすましてきてや。こういう時に事故でもされると厄介なんやからね」

「はあ」と、サツキから封筒を受け取る。昨日、会社を飛び出したまま、誰にも連絡していない。それどころではなかった。近いうちに会社に出向いて手続きをしなくてはならないのだが、どうにも気が乗らない。

「猫」

サツキがつっけんどんに言った。その足元には、ケースが置いてある。

網の縁に猫の尻が見える。中にいるのは、あの病院で処方された猫のビーだ。

「あ……、すみませんでした。仕事場に猫なんか連れてきて」

「ええよ。長いこと一人じゃおいておけへんのでしょう。そういう繊細な猫もいるわ。ねえ、ビー。いい子にしてたなあ」

サツキが覗き込むと、猫が返事するようにモゾモゾと尻を動かした。

「そうですか。一日中、ここに？」

「まさか。さっきまであの段ボールの中にいたんよ」

サツキの目線の先には噛み跡のある段ボールが散乱している。随分と遊んだようだ。ケースのそばには餌の袋があった。秀太が持ってきた物ではない。

「もしかしてそれ、わざわざ買ってくれたんですか」

「社長に見つかったらまたブチ切れるからね。ややこしいから、早く帰りいや」

陣内は別の作業に出ていて、朝から顔を合わせずにすんだ。もしまだ炭水化物云々で切れられた餌を与えているとわかれば、今度こそ吊るされるかもしれない。

「すみません」

バツが悪かった。別の餌を用意する時間もなく、あの病院で支給された物を持ってきていた。そもそも猫を仕事場に連れていくなどあり得ない。だが、ダメ元で頼んでみると、陣内夫婦は目を合わせたあと、仕方ないなとブツブツ言いながら認めてくれた。

それでも連日は無理だ。今から猫を返しにいこう。そう思っていたのに、あまりにも疲れているせいでケースを持ち上げる手に力が入らない。サツキが怪訝《けげん》そうに言う。

「ちょっと、香川君。大丈夫なん？　フラフラやないの」

「へ、平気です。社長が戻ってくる前に、帰りま……」

騒がしさと共に、泥まみれの作業員たちが戻ってきた。その中には社長の陣内もいる。昨日のヤクザ張りのスーツ姿とは違い、他と同じ作業服姿だ。

「おっと、まだおったな」

しまった、見つかったと、秀太は慌てた。だが陣内はしゃがむと、ケースを開けて猫を引っ張り出した。慣れた手つきでお尻を支えられ、猫はおとなしく抱き上げられている。陣内は嬉しそうだ。

「ビーちゃん、首輪買ってきてやったで」

「嫌やわ、あんた。仕事さぼったん？」と、サツキは苦笑いしている。

「アホか。休憩の合間にペットショップに行ったんや。超特急で仕上げさせたで。

ほら、見てみい」陣内は小綺麗な袋から黄色い首輪を取り出した。「どうや、可愛いやろう。名前入りやで。目と同じで、キンピカや」

ソフトレザーに金色のプレートが貼りつけられ、そこに名前が刻まれている。作業服姿の強面男がペットショップへ出向き、急ぎで猫の名前を彫らせたのかと思うと、なんとも複雑だ。

「あの、陣内さん。わざわざありがとうございます」

「なんや、おまえ。まだおったんか」

陣内の顔付きは猫に向けていた時とはまるで違った。だがすぐに猫に向き直ると、また笑顔になった。

「ビーちゃんはもうメシ食ったんか？　おっちゃんと一緒に食べよか？」

「もうあげたわ。私がね」サツキがフフンと鼻を鳴らす。

「ああ？　ケッ、亭主が汗水流して働いる時に自分ばっかり楽しみやがってよ」

「はあ？　何ゆうてんねん。あんたの都合なんてビーちゃんには関係ないんやからね」

陣内夫婦は猫を挟んで口喧嘩を始めた。猫はおとなしく陣内に抱かれたままだ。帰りたい。

疲れで全身の軋《きし》みが強まるのを感じながら、秀太は二人のやり取りを聞いていた。名前入りの首輪まで用意されてしまったが、これらの代金も後々請求されるのだろうか。

あっという間に時間が過ぎ、今日はもう猫を返すのは無理だ。明日も預かってもらえるか聞くと、陣内夫婦はお互い見合った。

「まあ、どうしてもって言うんやったら、私はかまへんけどね」

「そやな、どうしてもって言うんやったら、俺もええけど」

そう言って、また二人して猫にちょっかいを出している。少なくともこの建築事務所にいる間、猫は寂しい思いをせずにすみそうだ。

遠くでアラームが鳴っている。

何かが変だ。起きようとしているのに、さっきから体が動かない。まるで金縛りにでもあっているみたいだ。

足元のほうからニャアニャアと小さな声がする。猫はもう起きていて、餌がほしいのだろう。

「ううう……」

声は出る。顔も動かせる。だが首から下がまるで言うことを聞かない。何度も上体を起こそうとするが、駄目だった。やがてうっすらと涙が出てきた。

今まで精神的には病んでいたが、体のほうは大丈夫だったのに。あの奇妙なクリニックへ行ってから、何もかもがおかしな方向へ進んでいる。ベッドに仰臥しながらメソメソしていると、外から人の話し声がした。

「本当にうちは知りませんからね。責任、取ってくださいよ」

聞き覚えがある声は管理人のものだ。そして男の大きな声。

「かまへん。この部屋の住人は俺の舎弟や」

陣内だ。鍵が回され、ドアが開いた。

「あ、社長。やっぱりですわ。あいつ、まだ寝てやがりますわ」

陣内と康介がズカズカと部屋に入ってくる。秀太はなんとか頭だけを起こした。

「た、助けて」

ニャアと、猫がしなやかに陣内の足に体をこすりつけた。陣内はかがんで、猫の額をなでた。

「おー、よしよし。閉じ込められて、可哀想にな」

そう言うと、猫だけ連れて部屋を出ようとする。秀太は弱々しく引き留めた。

「ぼ、僕も助けてください。動けないんです」

「はあ？　甘ったれんな」

「社長」と、康介が笑いながらベッドを覗き込んできた。「だから言うたやないすか。俺も一日目のあとは、筋肉痛で起きられなかったんすよ」

「ったく、最近の若いのは、軟弱《なんじゃく》なやつばっかりやな。おい、おまえ、そもそも痩せすぎや。今度焼肉おごったるさかい、もっと肉付けんかい」

焼肉なんて食べたくない。それよりもこの筋肉痛をなんとかしてほしい。

起き上がろうと体をプルプル震わせるが、どうしようもない。陣内の舌打ちが聞こえる。

「おい康介、車で待ってるさかい、そいつを引っ張って来い」

陣内は猫を抱いていってしまった。康介に引っ張り起こされた秀太は、痛む筋肉に耐えながらなんとか着替えをした。

「ありがとう、康介君」

「かまへん、かまへん。でもほんまラッキーやな、あんた。俺なんか、居留守決め込んでたら社長にドアを蹴破られて、現場まで引きずられていったんやで。猫がいるだけでこうも対応が違うもんかね。俺も猫飼おうかな」

「あの猫、僕の猫じゃないんだ。預かってるだけなんだよ」

猫を処方されたなんて言っても、ややこしくなるだけだ。秀太は空のキャリーケースを持った。すると康介が言った。

「ああ、それ。もういらへんのちゃうか」

「でもうちに連れて帰る時にはこれに入れないと。ずっと抱いてるわけにはいかないよ」

「なんか豪勢な入れモンが、朝イチで事務所に届いてたで。フカフカしたクッションみたいなやつも一緒にな」

「ええ……」さすがにげんなりしてきた。「なんかちょっとやりすぎじゃないの？　そんなに猫好きなら、自分でも飼えばいいのに」

「前は飼ってたらしいで」

秀太は康介に続いて部屋を出た。足が強張って、ガニ股になる。

「そうなんだ。死んじゃったのかな」

「多分な」

「だったらまた飼えばいいのに」

居候《いそうろう》の猫に金をかけるなら、そのほうがずっといい。なんにせよ、やはりビーは期間中、事務所に連れて行こう。それでドアを蹴破られずにすむなら、そのほうがいい。

「今日の現場は、昨日よりもっときついで」

康介がニヤリと笑った。秀太はゾッとした。筋肉痛が増したような気がした。

秀太は毎朝、陣内が買ってくれたキャリーバッグにビーを入れて、事務所まで連れて行った。頑丈で多機能でおしゃれなバッグは、秀太が証券会社で使っていた鞄よりはるかに高そうだ。そのままサツキに預けると、すぐにパート事務員の女性たちが寄ってきた。

「この子が来てから、会社が楽しいわあ。サツキさん、このまま事務所で飼いましょうよ」

「そうですよ。この子、おとなしいし、人懐こいし。ビーがいれば社長だってご機嫌やないですか。ビー、ビーちゃん。可愛いねえ」

事務員にちやほやされても、ビーは素知らぬ顔だ。人懐こくすり寄る時もあれば、棚の上に飛び乗って、テコでも降りてこない時もある。ただ、ビーがいれば陣内が上機嫌なのは明らかだ。

陣内だけではない。顔や態度には出さないが、サツキも相当な猫好きだ。サツキの足元には猫が丸まって眠れるフカフカのベッドが置いてある。だがビーはそれには乗らず、事務所の壁際に積んである段ボールの中で、尻をこちらに向けて埋まっている。

なんだか申し訳なくて、秀太はビーに声をかけた。

「ビー、そんなボロボロの箱なんかより、あっちのほうが居心地がよさそうだよ」

だがビーは振り向きもしない。聞こえているだろうに、ここまで人の呼びかけを無視できる猫の神経はすごい。

「無理、無理」と、サツキは伝票を書きながら言った。「猫は自分の気に入ったことしかせえへんし」

「だけど、せっかくそんないいベッドを買ってもらったのに」

「大丈夫。これ、ホットカーペットの機能があるねん。もうちょっとしたら寒くなるから、そしたらここから離れへんようになるわ」

まだ始業前なので他のパートの事務員はお喋りをしているが、サツキはすでに机に座って仕事をしている。厳しいが、働き者の女性だ。

秀太がこの建築事務所で働き出して一週間が過ぎていた。三日ほどで筋肉痛にならなくなったが、毎日ヘトヘトだ。それでも日当がいいので車の修理代はいずれ貯まるだろう。だがビーの処方期間は十日だ。寒くなる頃にはもうここにいない。それなのに陣内夫婦のビーへの接し方は、少し呆れてしまうほどだ。

「あの、サツキさんは前に猫を飼っていたんですが」

「そうや。五年前に死んでしもたけどな。長生きしたんやで。十九歳や。すごいやろ」

十九歳。猫がそこまで長く生きるとは知らなかった。きっと、相当可愛がっていたのだろう。そんなに好きならと聞いてみる。

「また飼わないんですか？」

「でもうちの子は死んでしもたからね」

サッキは伝票から目を離さずに答えた。

声も表情も変わらないが、それ以上は踏み込むなという意思を感じる。康介や他の社員が出勤してきた。その日も秀太は荷物運びに駆り出され、帰る頃にはヘトヘトだった。

証券会社を飛び出してから、今日で十日目だ。

秀太は坂下結衣菜に呼び出され、駅近くの喫茶店で会っていた。テーブルの下にはキャリーバッグが置いてある。

「僕が、入院？」

「ええ、そう聞いたわよ」

結衣菜は小窓から見えるビーが気になるのか、チラチラと足元に目線を落とす。

「香川君は胃の調子が悪くて入院してるって、江本課長が直々に言いに来たそうよ。人事部の友達から聞いたわ」

「まだクビになってないんだ」

秀太は困惑した。会社の貸与物さえ持ったままなのに、一向に連絡がないので妙だと思っていたのだ。いまだに在籍していたと知り、複雑だ。

「課長の勢いだと、てっきりその日にクビにされてるんだとばかり」

「そのことだけど、勝手に部下をクビにするなんて、課長クラスにそんな権限ないわよ。それにいくらうちの会社がブラックだからって、その日ってのはあり得ないわ。従業員にも権利があるのよ」

「それはそうだろうけど……」

だが、日々無能扱いされてきた身としては、権利などないも同然だ。おまけに在籍中ならずっと無断欠勤していることになる。切られても仕方がない。

「課長がなんでそんな嘘ついたのかはわからないけど、きっとこっちから辞めるのを待ってるんだよ。僕のほうから手続きを……」

「ねえ、早まらないほうがいいと思うわよ」

結衣菜が言った。その真剣な眼差しに、秀太はドキリとした。結衣菜は物憂げな動きでゆっくりコーヒーを飲み、ため息をこぼした。

「香川君に頼まれた例の領収書、やっぱりどれも正規で発行した履歴がなかったわ。調べてる途中で上司にバレちゃって、上司から江本課長に直接聞き取りされちゃったんだけどね。江本課長は勘違いだとか言って、慌ててあの顧客リストをひったくっていったそうよ」

「そうか。それで課長が持っていたんだね」

「でも私、ちゃんとコピー取っておいたの。この問題はもう私の手を離れて、上の方で調べてる。けど、お金を扱う会社の社員が自ら領収書を作成していたとなると、考えられるのってひとつでしょう」

結衣菜は上目を向けた。

その目が何を意味しているのか、秀太にもわかった。本当は最初からわかっていたのだ。自然と声が暗くなる。

「横領?」

「多分ね。だから早まって退職しないほうがいいわよ。辞めるとすれば、向こうのほうだから」

事が大きすぎて、現実味がない。秀太が黙っていると結衣菜はまた足元を見た。

「この猫、病院にでも連れて行くの?」

「え? いや、こいつは」

ハッとした。急に別の問題を思い出す。

「うん、そうなんだ。病院に行くんだ。たいしたことはないんだけど、念のため」

「何歳? 名前は?」

「ビーだよ。八歳。メスなんだ」

「ビーか。可愛い名前ねえ。ビー、ビー」

呼びかけてもビーは知らんぷりだ。秀太は結衣菜に礼を言うと、『中京こころのびょういん』へ向かった。相変わらずビルの前は薄暗く、どんよりとしている。手に持ったキャリーバッグの重さがズシリと心に響く。

ビルの入り口で、秀太はビーに話しかけた。

「なあ、ビー。おまえ、あの事務所にいて楽しいか？　みんな、よくしてくれるか？」

やはりビーは知らんぷりだ。ビーは愛想のいい時と悪い時の差がはっきりしている猫だ。朝起きると、早く餌をよこせと体をゴシゴシこすりつけてくる。手のひらを差し出すと自らそこに頭を埋めてくる。ちょうど秀太の手にスッポリ収まる大きさで、軽く力を込めて握るとフワフワで気持ちがいい。ビーのほうも目を閉じる。目を閉じた猫は笑っているように見えて、こっちもつられて笑ってしまう。

毎朝ほんのちょっと笑う。

そんな些細なことがずっとできなかったのに、今はビーが笑わせてくれる。

院内に入ると、受付には千歳とかいう、あの愛想のない看護師が座っていた。こちらが何か言う前に、チラと目を上げてくる。

「香川さんですね、どうぞ、奥へ入ってください。先生がお待ちです」

小さな診察室へ入ると、中では医者が待っていた。

「こんにちは、香川さん。ああ、今日はえらい顔色がいいですねえ」

にこやかに言われ、そんなにもわかりやすいかと気恥ずかしくなる。ここで何かしてもらったわけではないが、結果、肉体労働のせいで毎日よく眠れるし、食欲も戻った。体重も増えた。

医者はキーボードを叩くと、うんうんと頷いた。

「経過良好で問題ないでしょう。では、猫も返してください。予約の患者さんが来るんで、そろそろ」

「ちょっと待ってください」

「ん？　まだ何か？」

もう追い返されるのかと、秀太は焦った。自分でもまだ考えが纏《まと》まっていない。

膝の上にはキャリーバッグを乗せたままだ。

「あの……、あと少しだけ、この猫を貸してもらえませんか」

すると医者は怪訝そうに首をひねった。

「ふーん、しかし香川さんはもう症状が改善されてますんで、これ以上服用せんでもいいと思いますけどねえ」

「いや、ええと……」

陣内とサツキの顔が浮かぶ。二人とも、蕩《とろ》けそうな目でビーを見ていた。

「確かに体調はよくなりました。でも、新しい勤め先なんですが、悪い職場ではないんですけど、ずっといられるような規模じゃないんです。できればもっと大きくて、安定してる企業で働けたらいいかな、なんて……。だからこのままもう少し猫を」

「安定してる企業で働いてはったやないですか」

医者は朗《ほが》らかに言った。

「香川さん、言うてはったやないですか。僕の勤めてる会社はＣＭなんかもやってる割と大手の証券会社やって。大きくて、安定してる企業で働いてはったやないですか」

医者の笑顔を見て、秀太はぽかんとした。

巡り巡って、また同じ位置に戻ってきてしまっている。これではまるで京都市内の碁盤の目を歩き回っているだけだ。出口が、見えない。

黙り込んだ秀太を見かねたように、医者は苦笑いをした。

「ずっといられるところね……。まあ、ええでしょう。副作用も出てないみたいやし、このまま猫を続けてもらっても。そやけど、この猫はあと五日しかお出しできませんよ。元々、保健所の殺処分が決まってる猫なんで」

「……殺、処分？」

「ええ。保健所に収容された猫です。引き取りの期限が切れたら、安楽死です」

秀太は茫然とした。医者は優しく微笑みながら、和やかな京都弁で話し続ける。

「この猫は高齢の飼い主が亡くなって、何日も家に閉じ込められてたのを近所の人が通報しはったんですよ。他にも二匹、兄弟猫がいてね、三匹いるから、上からエー、ビー、シーいう名前なんですよ。おもしろいでしょう」

ビー。可愛い名前。ビー、ビー。

サツキや事務所のパート社員が笑顔を向ける。ついさっきも褒められた。みんなが優しくビーを呼ぶ。

ズシリと重いケースの中から何か熱いものが込み上げてきて、秀太の胸はいっぱいになった。息さえ苦しいほどだった。

「でも、ビーはこの病院のセラピー猫なんですよね。だったら保健所に返さなくたって、このままここで預かればいいんじゃないですか。実際、僕はビーのお陰ですごく癒されましたし」

「うちは保護施設と違いますからね。役目を終えた猫はしかるべきところに戻ります」

医者は優しげで、だが淡々としていた。彼の薄い微笑みには情が見えない。秀太のほうは感情をかき乱されている。今、ビーはこうして膝の上にいるのに。

「だったら……、だったら他に貰い手を探すとか、何かできることがあるんじゃないですか？　たとえば今までの患者に当たってみるとか、あとは……そうだ、譲渡とか。ネットで探せば飼い主が見つかるかもしれませんよ。だってビーはこんなに可愛いんだし」

唐突すぎて、自分の考えが纏まらない。非難できる立場ではないし、素人の浅知恵だとわかっていた。それでも冷静な医者に腹が立った。抱き締めたケースに目を落とす。

「みんなで頑張って探せば、誰か見つかるんじゃないですか？　もっと必死になればきっと」

「そら、必死で探せば貰い手はいるかもしれませんね」

「そ、そうですよ」

ハッとして顔を上げると、医者はやはり微笑んでいる。

「でも、この猫だけやありませんよ。ペットショップも保護施設も、貰ってくれる先を見つけようと躍起《やっき》になってますからね。保健所かって、手を尽くしてます。それでもこうして、行き場のない子は後を絶たへん。条件やない。感情が動かへんかったら、猫のほんまの貰い手いうんは見つからへんもんなんですよ」

感情が動く？　何を意味するのか、わかるようでわからない。だがそれが答えなら、先に解決方法が知りたかった。

「じゃあ、どうやったら感情が動くんですか？」

「それがわからんから、あなたもここへ来たんですよ。ほらほら、そんな泣きそうな顔せんといてください。心配せんでも残りの猫でちゃんと治りますから。あと五日。これで終わりやから最後まで飲み切ってくださいね」

あと五日。これで終わり。

せっかく助け出された猫を待つ過酷な現実を、受け止めることができない。なぜ、助かった命がまた失われるのか。

「ビーの、他の兄弟は？　その子たちもここに？」

震えながら聞く。医者の後ろにはカーテンが引かれている。いつも看護師の千歳がそこからケースを運んでくる。向こう側がどうなっているのかはわからない。

「兄弟猫は収容されてすぐに死にました。衰弱死です。現実はそんなもんです」

医者の目に促され、診察室を出る。受付の前を通るが千歳は顔も上げない。

「お大事に」

それは冷たく、素っ気なく、誰にも懐かない猫のように思われた。

どうしていいかわからないまま、二日、三日と過ぎた。秀太は毎日ビーを建築事務所に連れて行った。行くたびに、レーザーポインターや電動の魚形クッションなど、会社にあるはずのない物が増えていく。それを見るたび、胃が縮む思いだった。今日は、処方四日目だ。明日にはあの奇妙な病院にビーを返しに行かなくてはならない。

医者は平然と、ビーをしかるべきところに戻すと言った。それはその先の運命を知った上で保健所に送り返すという意味だろうか。医者も看護師も謎だらけだが、真に冷たい感じはしなかった。

「コラ！　そこのボウズ！」

大きな声に秀太はギクリとした。事務所で一番年長の、真っ黒に日焼けした初老の男が、土嚢《どのう》を運びながらこっちを睨んでいる。

「ジジイにこんなもん運ばせんと、若いもんがやらんかい！　気の利かんガキやな！」

「すみません」秀太は慌てて手伝った。ぼうっとしていると、すぐに怒鳴られる。それも慣れたが、今日はかなり虚ろだったせいで何度も怒鳴られ、しまいには頭を叩かれた。

作業が終わると、帰りのバンの車内でこっそり康介が慰《なぐさ》めてくれた。

「気にすんなよ、年寄り連中は気が短いからな」

「ありがとう。でも確かにあの年齢で現場はきついよな」

「まあ、しゃあないわ。その分、頭使わんでええさかいな。体さえ丈夫やったら、なんとでもなるわ。社長はああ見えて人情家やさかい、あんなジイサンでも放り出したりせえへん。香川君も、このままずっとここにおったらええねん。ほら、結構いい色に焼けてきたやんか」

康介は人懐こく笑うと腕を差し出し、秀太の腕と比べた。向こうのほうがまだまだ黒いが、いつの間にか白かった肌は褐色になっている。秀太は目を瞬いた。

ずっとここにいる？

思いもよらなかった。答えられずにいると、康介は苦笑いをした。

「あはは。あかんな。あんた、大卒やもんな。こんなショボい建築事務所なんか嫌やわな」

事務所へ戻ると、サツキの周りに事務員の女性が集まっている。サツキの膝の上にはビーが丸まっていた。

「ええなー、サツキさん。私も膝の上に座ってほしいわ」

「めっちゃ気持ちよさそうに寝てるやん。可愛いわあ」

「何言うてんの。さっきから足が痺れてもうて、痛い痛いねんで。動かれへんし、かなんわ。ビーちゃん、あっち行ってんか」

そう言っても、サツキは得意げだ。ビーを乗せたままでもちゃんと仕事をしている。秀太にも随分と懐いてきたビーだが、膝の上には乗ってきたことはない。少し羨ましかった。

車の音がして、別の作業班が帰ってきた。陣内は事務所に入るなり大きな声を出す。

「おっ！　なんや、ビーちゃん、ええことしてるなあ！」

ビーはサツキの膝からは降りないが、びっくりしたように目を丸くして、耳をピンと立てている。陣内はニコニコしてしゃがみ込んだ。

「賢いなあ。可愛い可愛い子ちゃんやなあ」

その口ぶりに、康介がプッと噴き出した。途端に陣内の顔付きが変わる。

「なんや、おまえら。戻ってきたらすぐに重機洗ってこんかい」

「はいはい」と、康介が慌てて出ていく。モタモタしているとこっちに飛び火するので、秀太もそのあとを追った。

駐車場へ行き、ショベルカーや軽トラのタイヤにホースで水を掛ける。二人とも無言だったが、やがて康介が呟いた。

「可愛い、可愛い子ちゃんやなあ」

「やめてよ、康介君」

秀太は肩を震わせた。ずっと我慢しているのだ。康介は意地悪くニヤニヤしている。

「いや、あれはあかんで。社長のあのツラであれは反則やろ。しかも、ええことしてるってなんやねん。逆やろ。姐さんの膝の上で寝てるんやで」

駄目だ。笑ったら事務所にも聞こえてしまう。だが耐えきれず、二人同時に笑い出す。大声をあげ、腹を抱えて笑う。事務所から陣内の怒鳴り声が聞こえても、笑いは止められなかった。

こんなに大きな声で笑ったのは何か月ぶりだろう。いや、何年振りだろう。

着替えや日当の手続きを終え、他の作業員と共に事務所を出る頃には外はもう暗かった。京都市内の夜は、大通り以外は人も車も少ない。繁華街と呼べるのはメイン通りだけだ。

秀太は夜道を歩きながら、手に提げたキャリーバッグに目を落とした。

「大丈夫だからな、ビー。おまえはずっとうちにいればいいんだよ」

大声で笑ったせいだろうか。体が暖かく、気分も高揚している。どうしてこんな簡単なことに気が付かなかったのだろう。ビーはこのまま、自分が引き取ればいいのだ。必要な物はすべてそろっている。何も変えることはない。

　手のひらにすっぽりと収まるビーの頭の感触を思い出す。あの変な医者が文句を言っても引き下がるものか。

　きっと感情が動くというのは、こういうことだ。ビーがいると楽しい。可愛さに毎日癒される。これからもずっと幸せをくれるはずだ。

　アパートが見えてきた。つと、足が止まった。

　外灯の薄明かりの下に江本が立っていた。向こうはすでにこっちに気が付いていたようで、薄笑いを浮かべている。

「江本課長……」

「香川君。なんや、元気そうやないか」

　江本はいつもとは違い、へりくだった笑顔で近寄ってきた。声にも張りがない。

　秀太は動揺で、その場から動くことができない。江本は目の前に来ると、秀太の肩に手を乗せた。

「いやあ、心配してたんやで。なんか君、急に飛び出していったからな。でも大丈夫や。俺が適当に誤魔化してやってるさかいな。ははは」

　江本は不自然に笑うと、周りを窺うように声を潜めた。

「それでやな、香川君。誤解してるみたいやったから、ちゃんと言うとこうと思って。あいつや、木島や。あいつが勝手に、俺の顧客にけったいなことをやってたらしいんや」

「課長、僕はこの件にはもう……」

「いや、聞いてくれ。木島のやつ、いきなり来んようになったからおかしいと思ったら、年寄りの客にうまい儲け話があるとか言うて直で資金を徴収してたらしいんや。もちろん会社には内緒でや。俺もあいつには騙されたわ。成績を上げてやるために自分の顧客回りをさせとったから、責任を感じてるんや」

「課長……」

馴染みのおばあちゃんが来るのを楽しみにしてくれている。そう言っていた木島の顔が浮かぶ。そして江本の明らかな嘘と言い訳にも胸が痛んだ。あんなに嫌いだったのに、可哀想にさえ思える。

「課長。そんなことを言われても、僕にはどうすることもできません。もうあの会社は辞めようと……」

「何を言うてんのや、香川君。俺も君も被害者やないか。木島や。木島が勝手にやったんや。君から会社に言うてくれよ。なあ！」

江本の声が大きくなっていく。じりじりと詰め寄られ、秀太の背中がアパートの壁についた。

「課長、落ち着いてください」

「何が落ち着けや！　おまえはええわ、辞めるだけで済むんやからな。俺は人生かかっとるんやぞ！」

普段の恫喝より、もっと切羽詰まった江本の声が暗い道路に響く。キャリーバッグの中でビーが鳴いた。恐怖のせいか、悲鳴のような鳴き方でガタガタと激しく暴れ出す。秀太はバッグを両手で胸に抱えた。

「ビー、ビー。おとなしくして」

「なあ、頼むわ、香川君。俺には家族がおるんやぞ。もし訴えられたらどうすんねん。ちょっとの間でええから口裏合わせてくれ。その間に、集めた金は全部客に返すから」

両手を合わせ、拝んでくる。だが秀太は首を横に振った。

「江本課長。何もかも正直に話せば会社だって許してくれるかもしれません。僕も、わかることなら全部話します」

秀太は暴れるビーを落とさないようにしながら、できる限り真摯に語りかけた。

江本はスッと無表情になった。そしてうっすら笑った。

「正直にか。えらそうに」

「課長」

「いや、おまえの言う通りや」

金属を引っ掻くようなビーの鳴き声の中、江本は妙に穏やかな口ぶりだ。暗く陰った目をキャリーバッグに向ける。

「それ、猫やな。香川君、猫飼ってるんか」

「え……、ま、まあ」

ギクリとした。無意識にバッグを抱く手に力がこもる。ビーの鳴き声はやまない。江本はニヤリと頬を歪めて笑うと、アパートを見上げた。

「香川君、ここに住んでんのか。こんなアパート、普通は猫飼ったらあかんやろ。黙って飼ってるんか。そんなん、ズルとちゃうんか」

驚きで、秀太はぽかんとした。江本は勝ち誇ったように顎をしゃくった。

「明日の朝イチでここの管理会社に電話したるわ。おまえも、正直に言うたらええ。全部正直に話したらええわ。なあ、俺はひどいやつか？　金を横領すんのはあかんけど、黙って猫飼うんはええんか？　おまえかってズルしてるんや。自分だけ正直もんみたいな振りすんのはやめろ」

最後はヤケクソなのか、泣きそうな顔で笑っている。

秀太は強くバッグを抱き締めると、江本から逃げて走った。

後ろの笑い声が、遠く消えていった。

　事務所の明かりがまだ点いているのを見て、ホッとした。秀太は中に飛び込んだ。陣内とサツキがいる。サツキが驚いて駆け寄ってきた。

「どしたん、香川君」

「これ……、猫……」

　走ってきたので、息が上がっている。秀太は床にへたり込むと、キャリーバッグを差し出した。サツキが怪訝そうに受け取る。

「あんた、なんかあったんか？　汗だくやないの」

「この猫……、ビーを……、飼ってください。社長のところで、飼ってやってください」

　絶え絶えにそう言うと、バッグの小窓からこちらを覗く金色の瞳と目が合った。涙が滲んできた。

　陣内は立ち上がると、厳しい顔で秀太を見下ろした。

「どういうことや。ちゃんと説明せい」

「ビーは、僕の猫じゃないんです。保健所に収容されている猫なんです。明日がその収容期限で、それを過ぎると殺処分されてしまうんです」

「殺処分て、な、なんやの、それ」

サツキが声を裏返らせる。陣内は黙ったままだ。

「だから、僕はこのままビーを飼おうと思いました。そのほうがいいと思って。でも課長が……、いえ、アパートの管理会社にバレてしまって、もうビーを置いておけなくなるんです。だから社長。社長とサツキさんで、ビーを引き取ってもらえませんか？　二人は猫好きだし、ビーも懐いてます。お願いします」

秀太は床に額を付けて頼んだ。しばらくして顔を上げると、陣内は厳しく唇を結び、サツキは困惑したように陣内を見つめている。

「あんた……」

「あかん。猫は飼われへん」

陣内は深く、苦々しく言った。秀太は体を震わせた。

「ど、どうして？」

「俺らはもう、猫は飼わへんと決めたんや。前に飼ってた猫が死んだ時、もう絶対に猫は飼わへんと誓ったんや。どんな事情があっても、その誓いは破られへんのや」

「社長」

茫然とする秀太の前に、陣内は片膝をついた。険しい目でじっと見つめてくる。

「ええか。おまえはビーを飼おうと思たって言うたな。言うたな？」

「は、はい。でも」

「それやったら、おまえが最後まで責任を持たなあかんやろう。飼えへんのやったら、飼えるように努力をするべきちゃうんか。ずっと一緒にいられるように、俺らに託す前に、できることがあるんと違うか」

ずっと、一緒にいる。

秀太はビーを見た。無意識に手を軽く握る。そこには柔らかで暖かいものがある。ホワホワのテニスボール。いつの間にか猫は手の中にいて、絶対に消えはしない。陣内とサツキが亡くした猫を心に住まわせ続けているように、柔らかな感触はいつでも蘇《よみがえ》る。

そして実際にビーはここにいる。小窓からこっちを覗く金色の目は、なんの心配もしていない。そんなふうに思われた。猫との暮らしが楽しいとか、可愛いとかではない。

追い出されるかもしれないアパート。仕事も不安定で、たいした貯えもない。だけど、ビーがずっと安心して穏やかに暮らせるように、自分ができること。今、自分にできること。

湧いてくる感情に突き動かされ、秀太はまた床に額を付けた。

「社長！　僕をずっとここに置いてください！　車の修理代を返し終わっても、ここで働かせてください！　僕は明日、すぐに引っ越します。猫の飼えるアパートを探して、僕がビーを飼います。だからこれからも、僕が働いてる間はここでビーを預かってもらえませんか。もっともっと、頑張って働きますから」

そう言って、額を床に押し付けた。いいと言われるまで、絶対に引かないつもりだった。

フンと、陣内の鼻息が聞こえた。

「おまえ、引っ越せ」

「え？」秀太は顔を上げた。「は、はい。明日にでも不動産屋に行って」

「アホか。そんなすぐに猫飼える物件が見つかるか。知り合いの不動産屋に口きいたるから、とりあえず荷物だけ持ってこの事務所の上に移ってこい。ちょっとの間だけやったら、ビーちゃんは俺のとこで面倒みたる。なあ、ビーちゃん。今日はおっちゃんと一緒に寝よか」

陣内はキャリーバッグを持つと、革張りのソファにふんぞり返り、テーブルに足を投げ出した。態度は横柄だが、顔は蕩けそうだ。

秀太は半分呆けながら、それでもようやく何かに根を下ろした感覚を噛み締めていた。サツキは苦笑いしている。

「そういうわけやから、香川君。サッサと前の会社のこと、綺麗にしてきてや。家もはよ決めてや。でないとあのおっちゃん、仕事行きよらへんわ」

「はい」

秀太は笑いを堪えて頷いた。不思議な巡り合わせだ。中京の通りをぐるぐる回っていたのはほんの少し前だ。そこから、ここにたどり着いてしまった。

これから忙しくなる。引っ越しも退職の手続きも、新しい職場のことも、やることは山積みだ。だがまずはあの病院へ行って、ビーを引き取りたいとお願いしなければ。あの奇妙な医者は、なんと言うだろうか――。


退職を決めたと連絡をすると、坂下結衣菜はすぐに返事をくれた。

「江本課長は来てないわよ。調査結果が出るまで自宅謹慎だって」

今、二人は富小路通を南に向かって歩いている。朝一で証券会社へ行き、事務手続きを済ませ、できることはその日中にやった。ビーのことを話すと、結衣菜は仕事を切り上げて病院へ一緒に行くと言った。

「謹慎か。正直に話してくれるといいけど」

秀太はキャリーバッグをしっかりと手に持っている。中のビーはおとなしい。

「結局、香川君が一番のとばっちりを受けたわね。辞めなくてもよかったのに」

「いや。今じゃなかったとしても、いずれ逃げ出していたよ」

「まあ、うちの会社はブラックだからね」と、結衣菜は少し複雑そうだ。「でも少しでもよくなるように頑張るわ。私は今の仕事が好きだから、文句を言うだけじゃなくて自分から行動する。本気で頑張れば色は変わるわよ」

「そうだね。色は変えられるね」

秀太は笑った。陣内の会社も、建築関係はブラックだと先入観にとらわれていた。だが働いてみると意外と性に合っているし、最初から嫌いではなかった。

「ねえ、その評判の病院ってどこにあるの？　なんだか私たち、さっきから同じところを回ってない？」

いくつかの交差路を越した時、結衣菜が足を止めた。格好つけて率先していた秀太だが、また迷っているようだ。結衣菜は呆れている。

「町名は？」

「ええと、町名じゃなくて、通りで場所を示す京都独特のやつだよ。麩屋町通上ル六角通西入ル富小路通下ル蛸薬師通東入ルって、もうわけわかんないだろ」

「何、その住所。北上して西に入って、南下して東に折れる？　それじゃあ一周するだけじゃない」

「う、うん。そうなんだよね」

それでも前はたどり着けたのだ。付近を回っていれば、唐突にあの暗い路地が目に入ってきたのだ。

　だが、今日は路地もビルも現れない。何度回っても、素通りを繰り返す。やがて二人して道の真ん中で佇むと、バッグの中でビーが鳴いた。居心地悪そうにモゾモゾ動く。

「おなかすいたんじゃないの」結衣菜は今来た道を見渡した。「——ないね、その病院」

「うん、そうだね」

　夢でも幻でもない。手に提げた猫の重みは本物だ。だが、もうそこにはたどり着けない。碁盤の目に入ってしまえば、実在するかはその時次第。そんな曖昧さが京都の通りにはある。

　結衣菜を見ると、彼女は笑って首を傾げている。秀太も笑った。二人はもう曲がらずに、まっすぐに進んだ。

第二話

ジメジメとした路地の行き止まりに、そのビルはあった。

「これは、相当ショボいで」

古賀《こが》は忌々《いまいま》しく呟いた。路地は凹型で逃げ場がなく、両側とも同じような古い建物に挟まれている。表通りからだとただの隙間にしか見えない。

ビル自体もどんよりした雰囲気だ。見上げる空は快晴なのに、自分の足元だけが鬱蒼《うっそう》としている。それはまるで、今の立場と同じだ。

入り口から奥を覗《のぞ》くと、縦長の廊下は薄暗く静まり返っている。

「なんで俺がこんなとこに来なあかんねん。まったく……」

ブツブツ言いながら中に入り、突き当りの階段を上がった。二階、三階と昇ると、息が上がってくる。

「なんで、俺が、こんな、メンタルなんちゃらに……、来なあかんねん。くそう」

気に入らないことだらけだ。五階まで昇る頃には、ゼイゼイと肩を上下させていた。分厚い眼鏡が息で曇る。

「そもそも、なんやねん、この、けったいな住所は……。めちゃくちゃやないか」

京都市中京区《なかぎょう》麩屋町《ふやちょう》通上ル六角《ろっかく》通西入ル富小路《とみこうじ》通下ル蛸薬師《たこやくし》通東入ル。

住所とは別の東西南北の通り名は、本来なら街中をわかりやすく位置付け、碁盤のような京都市内の目安となる。だが、この表記はめちゃくちゃだ。きっと京都に詳しくない者同士が適当に口伝えしたのだろう。『中京こころのびょういん』がよいというのも、誰かと誰かの会話を耳に挟んだだけだ。元々、乗り気ではなかった。ドアの前まで来たのに躊躇《ちゅうちょ》する。

やはり、やめておこうか。いや、重い腰を上げてここまで来たのだ。気休めでもなんでもいいから、診《み》てもらおうか。

だが、五十歳を過ぎた古賀にとって心療内科への抵抗は強く、規模の小さいクリニックといえども簡単にドアを開けることができない。

やはり帰ろうか。いやしかし、せっかく休みを取ってまで来たのだから――。

その場で立ち尽くしていると、廊下の先から男が一人歩いてきた。男は後ろを通り越すと、隣のドアに手を伸ばした。そのゆっくりとした動きの合間、こっちをジロジロと見ている。まるで不審者を見るような目だ。

怪しまれているのかと思い、古賀は慌てて『中京こころのびょういん』のドアを押し開けた。古くて重厚そうなドアは妙に軽く、中は意外と清潔で、こじんまりとした受付は無人だ。勢いで入ってしまったが、小窓の奥に声をかける勇気がない。このまま引き返そうか。尻込みしていると、パタパタと音がして二十代後半くらいの看護師が現れた。

「はいはい、患者さんですね。どうぞ入ってください」

「い、いや僕は」

「奥へどうぞ」

看護師がこちらを見もせずに手で指すので、仕方なく入った。待合には小さなソファだけがある。そこに座ろうとすると、看護師が鋭く言った。

「そこは予約の患者さん用です。先生は中にいはりますから、どうぞ」

京都特有の訛《なま》りは緩やかなようでいて、どこか尖りがある。随分きつそうな女だなと、古賀はムッとした。まさに今、自分を悩ませている相手と重なり、睨みつける。

だが看護師のほうはこっちを見てもいない。ブスッと膨れながら診察室に入った。机とパソコン、簡易椅子が二脚だけの狭い部屋だ。

奥にカーテンがある。病院にしてはえらく簡素だが、どういう造りになっているのだろうか。カーテンが開いて白衣姿の医者が入ってくると、更に訝《いぶか》った。

三十歳くらいの細身の男だ。自分より相当若く、尚且つ娘の笑里《えみり》が好きそうな、あっさりとした女顔だ。こんな今どきっぽい若者に心療内科医が務まるのだろうか。おなかが出ているだの、おじさん臭がするだのと妻にチクチク言われる古賀としては、なんとなく面白くない。

「こんにちは、うちの病院は初めてですね」

　医者は柔らかに言った。京都弁丸出しの抑揚は、まるで年上の町医者だ。

「ええ、まあ」

「ちなみにうちのことは、どちらから聞かはりましたか」

「知り合いの、そのまた知り合いというか……。はっきり誰というわけでは」

　古賀は口ごもった。実際に誰から聞いたのか覚えていない。いい心療内科があるという誰かの会話に、必死で聞き耳を立てていたのだ。

　医者は妙に軽い感じで笑った。

「そうですか、困りましたねえ。時々そうやって誰かから聞いたいう人がフラッと来はるんですけど、ここは見ての通り私と看護師の二人だけでやっていますんで、新患さんはお断りしてるんですよ」

「えっ、そんな」

　ついさっきまで訝っていたのに、断られるとなると古賀は急に焦った。

「わざわざ半休取って来たんですよ。ここはメンタルとか心療の病院でしょう。悩みがあるんです。ちゃんと診てくださいよ」

「メンタル？　心療？」と、医者は不可思議そうに首をひねった。「あはは、それはカッコいいですね。あははは」

　医者は笑っている。古賀がぽかんとしていると、微笑《ほほえ》んだ。

「まあ、せっかく来てくれはったんやし、特別ですよ。ではお名前と年齢を」

「は、はあ……。古賀勇作《ゆうさく》、来月で五十二歳になります」

「今日はどうしはりましたか」

もったいぶったくせに結局は診てくれるのか。古賀はムスッと不服顔をした。どうせ話したところで、俺の気持ちなんてわかるものか。医者も、家族も、同僚も。どうせ、俺はのけ者だ。

膝の上で両手を握り締め、目を落とす。

「仕事の悩みですわ。三か月くらい前に、ものすごくソリの合わへん社員がうちの職場に配属されてきたんです。それが、あれですわ。女性なんちゃら推進いうやつで、女の上司なんですわ。そいつがなんちゅうか……チャラチャラしてて、とにかく気に食わへんのです」

そう、あいつ。中島雛子《なかじまひなこ》。

雛子はもう四十五歳でチャラチャラというほど若くはない。なのに、とにかく浮ついている。独身のせいかやたらと装いは華やかで、声は大きく、振る舞いも大仰だ。そしていつも明るく笑っている。

あの笑い声を思い出しただけで、ムカムカしてくる。

「うちは請負のコールセンターで、職員は僕以外ほとんど女性です。だから元々、仕事場では寂しいもんですわ。でもそんなんはええんです。職員の愚痴聞いて、しつこいクレーマーの処理に追われて、それなりにうまいことやってきました。そやけど、あの女が来てから、職場の雰囲気がすっかり変わってしまって……。なんでか知らんのですけど、やたらとあの女の声が耳についてしゃあないんです」

コールセンターでは、大きなフロアに大量の電話回線を引き、オペレータが直接ユーザーと話をする。電話を掛けてくる相手は様々なので、オペレータのストレスは相当なものだ。

それを取り仕切るのが中間管理職の古賀の仕事だ。そして時には実際に電話に出て平謝りすることもある。もう同じ職場に勤めて十五年は経つが、係長止まり。客に怒鳴られることはあっても、職場で誰かと揉《も》めることはない。面白くない日々だが平穏ではあった。センター長は古賀以上にうだつの上がらない男で、来年定年を迎える。そして誰もがその後釜には古賀が座ると踏んでいた。

それなのに。

突如、東京から中島雛子がやってきた。センター副本部長という、今までになかったポジションが雛子のために用意され、いきなり古賀の上司となったのだ。

「いいわね、いいわね、いいわね」

膝の上で握り締めていた拳に力がこもる。

「あの言葉。あれが耳から離れへんのですわ。特に夜中。寝ようとすると、いいわね、いいわねが呪文みたいに聞こえてきて」

古賀は握り固めていた拳をほどき、顔を上げた。

そして愕然《がくぜん》とした。

懸命に話しているというのに、若い医者はぼけっとあさっての方向を見ながら、鼻をほじっている。

「先生、どこ見たはるんですか。今の話、聞いてましたか?」

「え? ああ、もちろんですよ。はいはい、コールセンターね。ストレスの多そうな職場ですね。それで、今日はどうしはったんですか?」

医者の軽薄な笑いに、古賀はカッとなった。

「だから、眠れへんのですよ! あの女の声が夢にまで出てきて、もう何週間もまともに眠れへんのですわ! 仕事中もボーッとすることが増えて、このままやったら、頭がおかしくなってしまいますわ!」

怒鳴ったせいで、顔は紅潮し、息が上がる。それでも医者はまるで動じることなく飄々《ひょうひょう》としている。

「そうですか。眠れへんのはつらいですね」

医者は机に体を向けると、パソコンのキーボードを打った。

「猫を処方しますので、それでしばらく様子を看ましょう。あ、ついてますね。ちょうど、よく効く猫が戻ってきたところですよ」

そして椅子を回して後ろを向いた。

「千歳《ちとせ》さん。猫持ってきて」

「はい」と、さっきの看護師が入ってきた。片手には黒と明るい茶色の混じった猫をかかえている。もう片方の手に持ったキャリーケースを机の上に置き、黒茶の猫は医者に渡す。医者は猫を受け取ると、頭から体までゆっくりと撫《な》でた。

「この猫は効果絶大ですよ。次がつかえてますんで、十日分しかお出しできませんけど、十日あったら充分でしょう。はい、どうぞ」

医者が猫を押し付けてきた。古賀はびっくりして、思わず椅子を後ろに引いた。だが狭い部屋では逃げ場がない。無理やりに猫を渡されてしまう。

「ちょ、ちょっと。なんですか、これは」

「猫ですよ。よく効きますよ。処方箋をお出ししますから受付でもらって帰ってください。では、お大事に」

「いや、お大事にって。猫なんか渡されても、屁《へ》の突っ張りにもなりませんやん」

「屁の突っ張りにはせんといたげてください。猫かって、臭いのはかなんですからね。大丈夫ですよ。だいたいの悩みは猫で治りますから。ああ、そうや。もし部屋の外に予約の患者さんが来てたら、中に入るように言うてもらってええですか」

医者は小さな紙を一枚渡すと、更にはキャリーケースも押し付けた。追われるように診察室を出るが、待合のソファには誰もおらず、受付では看護師が紙袋を渡してくる。古賀はなんとか奮闘して黒茶の猫をキャリーケースに入れた。ほんのちょっとさわっただけなのに、服は猫の毛まみれだ。

五十を過ぎて不眠症。職場でも、そして家でものけ者。部下のメンタルチェックをする立場なのに、自分が病んでいるなど周りに知られたくない。その一心でコソコソ訪れた先で、猫の毛だらけになった自分の姿を見下ろす。

「……なんや、これ」と、茫然《ぼうぜん》と呟いた。

京都市内から少し離れたJR沿線に古賀の自宅はある。駅から徒歩二十分。車がギリギリ一台置ける駐車場。ローンはまだ十五年以上残っている。

自分では一国一城の主《あるじ》のつもりだ。妻は専業主婦。一人娘は大学生。そこに猫が一匹くらい加わったところで、なんの遠慮《えんりょ》があるものか。

それなのに、様子を窺《うかが》いながら家に入った。

「……ただいま」

小さく声をかけると、居間からはテレビの音が聞こえる。妻の夏絵《なつえ》がソファでゴロゴロしているのだろう。

自分の手に持たれたキャリーケースを見て、途方に暮れる。心の中で文句を言いながらもここまで連れ帰ってしまった。今まで生き物を飼ったことがないので、家族にも協力してもらわなくては。

だがなんと説明しよう。眠れないと言ったら猫を処方された？　だいたいの悩みは猫で治るらしいと？

モタモタしているうちに、居間から夏絵が出てきてしまった。

「あら、お父さん。もう帰ってきたん？」

「あ、ああ」と、古賀は咄嗟《とっさ》に大きな荷物を後ろに隠した。

「早く帰るなら連絡してよ。まだご飯のスイッチ入れてへんのに」

「すまん、すまん。急がんでもええよ」

いきなり夏絵の機嫌を損ねてしまった。これは娘から先に味方につけたほうがよさそうだ。

「笑里は？　せっかく早く帰ってきたんやから、たまには笑里と一緒にメシ食おうか」

「何言うてんの。笑里は昨日から大学のサークルの子らと、泊まりで遊びに行ってるやないの。何回も言うたでしょう」

「そ、そうやったかいな」

「もう……。いっつも聞いてへんのやから」

夏絵は不服を隠さず、ため息をついた。すでに機嫌の悪い夏絵をこれ以上怒らせたくない。古賀はなんとか荷物を隠しながら、静かに二階へ向かおうとした。だがすぐにバレた。

「あら? なんなん、その大きな荷物。またプラモデル買ってきたん? やめてえや、置き場所もないのに」

「い、いや。違うて。これは会社から預かったんや。たいしたもんでは」

すると、夏絵が大きなクシャミを連発した。あまりの声に驚いたのか、キャリーケースがガタガタと揺れた。

「あっ、こら、おとなしくせんかい」

「ちょっとお父さん、まさか」と、夏絵はケースを覗き込み、またクシャミをした。「嫌や! 猫やないの!」

「そ、そうやねん。猫やねん。実は今日、病院で……」

「あっちやってよ! 私、猫アレルギーなんやで!」

夏絵は鼻を服の袖で押さえ、涙目で睨んできた。古賀は驚いた。

「アレルギー? ほんまかいな。いつからや」

「結婚前からやわ！　何回も言うたやないの！」

夏絵はバタバタと逃げていった。古賀はしばらく茫然としていたが、仕方なく、二階にある半分物置として使っている部屋にキャリーケースと荷物を運んだ。ケースを床に置くと、自分も座り込む。

「アレルギーか。しまったなあ。えらいクシャミしてたから、もしかしたらあかんかも……」

ふと、ケースの網から覗く猫と目が合った。まるでこっちの出方を窺っているように上目遣いでじっと見ている。

「な、なんやねん。そんな目で見んといてくれよ。大丈夫やって。俺はこの家の世帯主なんやからな。なんとかしたるさかい、じっとしとれよ。頼むで」

一階へ降りると、居間では夏絵が目を吊り上げて待っていた。その顔付きを見ると、簡単にはいかなそうだ。

「あのな、母さん。実はあの猫、病院で処方されたんや。よくメンタルなんちゃらってあるやろ。そこの医者が言うには、だいたいの悩みは猫で治るって……」

「そんなわけないやん！」夏絵はカンカンに怒っている。「まさか、なんの相談もせんと飼うつもりとちゃうやろうね」

「いや、ちゃうちゃう。預かっただけや。十日間だけや。十日が過ぎたら返しに行くから。なあ、十日だけ。世話は俺が全部するさかい」

必死で宥めすかすと、夏絵は渋々猫を預かることを認めた。

「でも家の中をウロチョロさせんといてよ。居間とか寝室にも入れんといて。私は猫の毛があかんねん。昔から猫さわるたびに鼻がムズムズして……、ハクション！お父さん、猫の毛だらけやないの。外で服叩いてきて！」

「はいはい」

外に出て猫の毛を払っていると、近所の人から怪訝《けげん》な目で見られる。どうして一国一城の主の俺が、こんな扱いを受けなくてはいけないのか。たまには一発かましてやろうか。

だが、台所で食事の用意をしている夏絵の背中からは怒りが立ち昇っている。とても文句など言えない。古賀はすごすごと二階の物置部屋へ向かうと、そこでようやくキャリーケースの扉を開けた。

猫は奥にひっこんだまま出てこない。病院で渡された袋には、餌《えさ》や水入れ、トイレなど飼育に必要な一式が入っている。畳の上であぐらを組み、説明書を読む。

『名称・マルゴ。メス、推定三歳、雑種。食事、朝と夜に適量。水、常時。排泄処理、適時。基本的には放置して問題ありません。就寝時、猫のいる部屋のドアは閉めておく。猫が閉め切りを嫌がる場合は、家中のドアを開けて自由に行き来させてください。以上』

簡単な内容だ。閉めるか開けるか。夏絵の前をウロチョロされては困るので開けっ放しにはできない。ならば夜は閉めるしかない。

それ以外は放っておいていいらしい。洗面所で水を汲み、餌入れにドライフードを入れ、部屋の隅っこに置いた。

「あとはなんや」

飼育に必要な情報をスマホで検索していると、猫がケースの縁から少しだけ顔を覗かせた。キョロキョロと部屋を見回して、ゆっくりと出てくる。

いかにも雑種といった黒と赤茶が混じった色合いだ。片肢の先や首元には抜けたような白い部分もある。美しいとはいえないが、力強さを感じる。

それに、目。緑茶のような薄い緑に黒の縦線が入っている。目じりの吊った鋭い形は野性的で、手足が長く、引き締まった細身の猫だ。筋肉質の軽量級ボクサーを思わせる。

「なんや、おまえ。メスやのにえらい強そうやな。雑種って書いてあるけど、なんか名前あらへんのか」

検索するとサビ猫が一番それらしい。賢くて警戒心が強く、愛情豊か。

気付くと、何もかも見透かすような緑茶色の目をした猫がすぐそばにいた。じっと見てくる。

「な、なんや。ちょっと怖いな。ええと、マルゴか。おいマルゴ、ここでは俺がご主人様やぞ。この家では俺が一番偉いんやから、引っ掻いたりすんなよ」

マルゴの目に感情は見えない。ちょっと首を傾《かし》げると、隅っこへ行き餌を食べ始めたのでホッとした。ネットでは三日餌を食べなければ獣医師に診せるようにと注意している。

「まあ、そらそうか。よそに預けるんやから、ちゃんとしつけができてるんやな。それにしてもけったいな話やで。よく寝られる猫か」

猫は背中を向けて、ボリボリと餌を食べている。ユラリ、ユラリと長い尻尾が左右に揺れている。本当に催眠効果がありそうだと、ここ数か月の寝不足もあって、瞼《まぶた》が重くなった。

ニャーニャーニャー。

ニャーニャーニャー。

耳を塞いでも、頭に枕を押し付けても、無駄だ。

我慢できずに布団から出る。もう何度目だろう。

暗闇の中、マルゴは小さな窓に向かってずっと鳴き続けている。夏絵のアレルギーのせいでマルゴを寝室に連れていくわけにはいかず、かといって、せっかく不眠症改善として借りた猫を別の部屋で寝かせるのは惜しく、古賀だけが布団一式をこの物置部屋に持ち込んで一緒に寝ることにした。

最初、マルゴはおとなしかった。寝床に与えた座布団の隅をまるでマッサージするように小さな手で押している。その仕草が可愛らしくて、五十を超えた古賀ですら胸がキュンとなった。なんだか娘の幼い頃を思い出す。

だがしばらくすると、止まない夜鳴きに悩まされることになる。マルゴはずっと鳴いている。具合でも悪いのかとスマホで検索してみた。生活環境が整っていないと、ストレスから夜通し鳴くことがあるらしい。いきなり知らない家に連れてこられて、マルゴも眠れないのだろう。

初めは可哀想《かわいそう》に思ったが、二時間、三時間経つと、さすがに耐えられなくなってきた。

ニャーニャー、ニャーニャーニャー。窓に向かって、ずっとこの調子だ。

「おまえ、いいかげんにしてくれ。俺は明日も会社なんやぞ」

安眠できない日々が続いてはいるものの、布団に入ると眠気を催《もよお》し、ウトウトはしていた。不思議なもので空が白んでくる頃には大抵眠っていて、時計のアラームで起きる。睡眠時間は短いが、完全に眠れていないわけではなかったのだ。

だが今夜は違う。まったく眠れない。いつもなら、浅い眠りの中で中島雛子が夢に出てきて、いいわねを連発するのだが、その代わりにマルゴが鳴き続けている。

「おい、静かにせんかい。なんで寝えへんのや。その座布団だけやと寒いんか？」

暗がりの中、ガウンを手探りして、マルゴのほうへと投げる。だが鳴き声はやまない。もう知らんと、頭から布団をかぶる。

寝る。寝る。寝るんや。

ニャーニャーニャー。

寝なあかん。寝なあかん。ちょっとでも寝んと、体がもたん。

ニャーニャーニャー。

――気が付けば、すっかり窓の外は明るい。その頃になって、ようやくマルゴはガウンの中にうずくまって目を閉じた。目覚まし時計が鳴っても、知らんふりだ。

一秒たりとも眠れなかった。

目は血走り、髪はぐしゃぐしゃで、胃がムカムカする。洗面所でオエオエと唸《うな》っていると、夏絵が顔をしかめて言った。

「ちょっとお父さん。あの猫、どうすんの？　私、無理やで。さわれへんよ」

「オエッ……。餌と水は新しいの入れたし、トイレも綺麗にしといたから、ほっといてかまへん。俺が帰ってきてから世話するわ」

「そんなん言うても……。なあ、猫って部屋に閉じ込めてもええの？　可哀想なんちゃうん」

だったら、家中のドアを開けておいてやれ。思考がうまく働かず、そう口に出したかどうかもわからない。古賀はフラフラしながら支度をした。何が効果絶大だ。あのヤブ医者め。

コールセンターに出勤すると、いつものように中島雛子は先に来ていた。

「古賀係長、おはようございます！」

寝不足の頭に、雛子の明るい声が響く。

「あら、いいですね！　そのネクタイ！　すごく若々しく見えますよ！」

こっちが答える前に、雛子は出勤してきた他の社員に向かって明るい声を響かせる。

「おはようございます！　あら、前髪切った？　いいわね！　すごく似合ってるわ。おはようございます！　まあ、その靴、素敵ね。いいじゃない！　おはようございます！　昨日は遅くまで残業ありがとう。報告書も完璧だったわ。やる気があっていいわね！」

「どんだけ褒めるねん」

古賀は自席でつぶやいた。夕べは一睡もできなかったが、雛子のいいわねが夢に出てくることもなかった。

雛子は赴任してからずっとあの調子だ。相手が上司だろうと部下だろうと、とにかく些細なことで人を褒めまくる。見た目も仕事ぶりも、なんなら買ってきたコンビニ弁当の中身や、飲んでいる缶ジュースまで、それいいわねと褒めそやす。

「毎日張り切っとるなあ。ありゃ、周りのほうが疲れるやろ」

古賀の前に座ったセンター長の福田《ふくだ》が、ボソリと言った。事なかれ主義のやる気のないタイプで、雛子への評価は自分と同じだろうと踏んでいる。福田も環境の変化が苦手な男だ。

「東京の本部も、なんでいきなりあんなん押し付けてきたんかわからんなあ。センターの離職率がどうこう言うけど、誰が上になったって同じじゃ。辞めるもんは辞めるしなあ」

「はあ」と古賀は濁《にご》した。

いつもならほくそ笑むのに、眠いせいか今日は福田に同調できない。雛子は今も出勤してきた職員に対して、溌溂《はつらつ》と挨拶している。

「まあ、ほっといてもそのうちおらんようになるやろ。改革か刷新か知らんけど、結果が出えへんかったら本部も考え直すわ。とにかく、変わったことはせんといてほしいなあ」

陰気臭い福田に付き合うのが嫌で、古賀は何も言わなかった。

福田のことは好きでも嫌いでもない。だが、雛子は福田の副長として、東京から単身、京都へやってきた。猫だって場所が変われば落ち着いて眠れないのだ。雛子だってそれなりに努力はしているはず。もっと協力的な見方はできないのだろうか。

そして、気付いた。自分も福田と同じで、雛子に協力的ではない。

「いいわね、か」

寝不足でフラフラしながら、なんとか業務を乗り切る。昼になるといつものように社内食堂の隅っこのほうで一人ポツンと弁当を食べ、雛子はというと、大勢の女性職員に囲まれている。

「雛子さん、これ見てください。うちの子の運動会なんです」

女性職員にスマホを見せられた雛子は、大袈裟《おおげさ》に目を開いた。

「わあ、リナちゃんね。二年生だったわね。一生懸命走ってるわね！」

「雛子さん、うちの子のピアノ発表会も見てくださいよ」

「イズミちゃん、上手だわね！　ドレスも素敵ね！　将来はプロかしら」

次から次へと見せられる動画や写真に、いちいち反応している。ああやって雛子の周りはいつも華やかだ。雛子が来る前はあんなふうに職員がはしゃいでいるのを見たことはなかった。

「いいわね……。いいね、いいね、いいね」

寝る。寝る。寝る。ニャーニャーニャー。

ふと気が付けば、目を開けたまま意識が遠くに飛んでいた。隣のテーブルでは、昼食中の若い女子職員が二人、スマホを見合ってクスクス笑っている。

「なああ、これ、めっちゃすごくない？」

「ほんまや。ええやん。これぐらいのほうが彼氏も喜ぶんとちゃう」

クスクス、クスクス。

ニャーニャーニャー。

あまりにも瞼が重く、白目を剝《む》きそうだ。負けるものか。いいねぐらい俺にも言える。とりあえず褒めればいいのだ。雛子のように。

ふら付きながら女子職員二人の背後に立った。

「ええなあ、それ。ええやん！」

すると女子職員二人がギョッと振り向いた。スマホ画面には、真っ赤なレースのブラジャーとパンティーが映っている。

女子職員は顔を強張らせている。

「……ええなあ、今日は、天気がええなあ」

古賀は遠くを見る振りをしながら、その場から離れた。ドッと冷や汗が噴き出す。何を言われているのかと思うと、怖くて振り返れない。

いいね、いいね。

くそう、何がいいねだ。アホちゃうかと唇を噛む。

中島雛子の真似などするのではなかった。寝不足のせいで頭がボーッとしていた。今日はあの猫、別の部屋に閉じ込めてやる。

ムカムカしながら家に帰ると、楽しそうな笑い声が聞こえてきた。夏絵と笑里の声だ。居間で二人が笑い合っている。

「ただいま」小さく声をかけるが、二人とも振り向きもしない。何をそんなに楽しそうにしているのかと、首を伸ばしてみた。

すると、そこにはマルゴがいる。絨毯《じゅうたん》の上でただ横たわっている。

「あら、お父さん。おかえりなさい」と、夏絵はチラとだけこっちを見て、すぐにマルゴに顔を向けた。

「可愛いねえ、マルゴちゃん。ええ子やねえ、おとなしいねえ」

夏絵は横に長く伸びるマルゴの体をゆっくりと撫でている。マルゴはムスッとしているが、されるがままだ。夏絵はクシャミもしていないし、目も赤くない。

「おまえ、猫さわれるんか？　アレルギーはどうしたんや」

「しゃあないから病院行ってきたわ。そんなにきついアレルギーとちゃうから、目薬と軽い飲み薬出してもらったわ。あとは抜け毛が飛ばんようにブラッシングして、トイレもマメに掃除したほうがいいって言われたから、砂、替えといたよ。可哀想になあ、マルゴちゃん。一日中閉じ込められて、ひどいお父さんやなあ」

「いやいや、だってそれはおまえが、家の中ウロチョロさせんな言うから」

見ると、あの説明書がテーブルに置いてある。餌入れも水入れも、居間に移動されていた。

「ねえ、お父さん。この子、飼うの？」

笑里に笑顔を向けられ、古賀はドキリとした。娘のこんな笑顔を見たのはいつぶりだろうか。大学生になってから、いや、高校生くらいから、時々話をする程度で、笑いかけてくれたのは久しぶりだ。

「い、いや。これは預かってるんや。何日かしたら返さなあかん」

「そうなん？　ずっとうちにいたらええのに。めっちゃ可愛い。サラサラで気持ちええよ」

笑里もマルゴの体を横に横にと撫でる。マルゴはムッツリしているが、やはりおとなしい。

「なあ、お母さん。猫、飼おうよ。私が面倒みるから」

「何言うてんの。あんた、授業とサークルで忙しいやん。どうせ世話すんのは私やろ」

「そんなことないって。世話するよ。なあ、マルゴ」笑里は両手でマルゴの脇を持つと、持ち上げた。マルゴの体が驚くほど長く伸びる。

「見て、お母さん。面白い！　めっちゃ長いで！」

「ほんまや、すごいねえ」

二人ははしゃいでいる。古賀はなんとなく面白くない。

これではいつもと同じだ。俺だけのけ者だ。会社でも、家でも。

笑里は嬉しそうにマルゴを抱き上げた。

「マルゴ、私のベッドで一緒に寝ような」

「あかん！」

古賀は咄嗟に笑里からマルゴを取り上げた。と、思ったら、マルゴの体がびっくりするほど長く伸び、なかなか持ち上がらない。モタモタしながら、無理やりマルゴを引っぱり上げた。

「これはお父さんが預かった猫や。お父さんの猫やから、お父さんが一緒に寝るんや」

「ええ?」と笑里が顔をしかめる。夏絵も眉根を寄せている。

「お父さん、そんなケチなこと言わなくてもええやないの」

「あかん、あかん。マルゴはあの部屋で寝るんや。なあ、マルゴ。今日も二人で仲良く一緒に寝よな。そうか、そうか。マルゴもお父さんのこと好きか。そうか、そうか」

夏絵と笑里は呆れているが、古賀はマルゴを放さなかった。夕飯を食べ風呂に入ると、マルゴを連れて二階に引っ込む。布団も丸まったガウンも昨日のまま、クシャクシャだ。

だが妙な満足感がある。夏絵と笑里を驚かせてやった。ザマアミロ、いつも一家の大黒柱の俺をのけ者にするからだ。

「ようし、マルゴ、ええ子やな。もううちに来て二日目やからな。今日はちゃんと寝るんやぞ」

喋りかけると、マルゴは緑茶色の目で見上げてくる。まるで、人間の言葉を理解しているようだ。

だがそれは勘違いだった。

その晩も、マルゴはひたすらに鳴き続けた。ニャーニャーニャー、ニャーニャーニャー。耳を塞いでも布団を頭から被っても無駄だ。マルゴを部屋から追い出そうか。もしくは寝室か居間へ逃げようか。だが一緒に寝ると大見得切った手前、それもできない。

結果、古賀は二晩続けて一睡もできなかった。朝、洗面所で夏絵にギョッとされる。

「お父さん、なんか顔色が悪いで。しんどいんやったら、会社休んだほうがええんとちゃう」

「オエッ……。今日は会議があるから、休まれへんのや。それよりマルゴの世話頼むわ。なんもできてへんのや」

「それはええけど、気を付けてや。フラフラしてるで」

「大丈夫や。大丈夫……」

古賀は半分白目を剝きながら笑った。

ニャーニャーニャー。いいね、いいね、赤いパンツ、いいね。

ニャーニャーニャー。その写真いいね、その赤いブラジャーもいいね。

「……お客さん、お客さん」

どこか遠くから声が聞こえてくる。口元をだらしなく緩ませながら古賀は笑った。やかましい、俺は今、いいねで忙しいんや。

フワフワとまるで宙に浮いているようだ。とても気持ちがよい。

「お客さん！」

肩を揺すられ、古賀は目を開いた。駅員が顔を覗き込んでいる。

「……え？」

「お客さん、この電車はここまでですよ」

「あ、ああ」と、慌てて電車から降りた。そして唖然《あぜん》とした。

見知らぬ駅のホームだ。京都駅の次の駅で降りるはずが、どうやら乗り過ごしてしまったらしい。あまりにフラフラだったので満員電車を避け、各駅停車の席に座ったのが失敗だ。これは始業に間に合わんかと、腕時計を見た。

「は？」

いやいや、そんなアホなと目をこする。寝不足のせいで霞んでいるらしい。だが何度見ても同じだ。構内にある大きな時計も十時を過ぎている。京都から大阪を越し、兵庫県まで来てしまっている。

大遅刻だ。

ホームからは青空が見え、自分のいる場所にも燦々《さんさん》と陽が降り注ぐ。当然だ。もう太陽は高い。しばらく空を眺めていたが、時間は戻らない。覚悟を決めて会社に電話をした。急な体調不良で午前中休みますと、嘘をつくしかなかった。

なんという失態。それもこれも、全部あのヤブ医者のせいだ。ギリギリと歯ぎしりをして、京都行きの特急電車に乗った。どうしても文句を言ってやらなくては気が済まない。わざわざ電車を乗り継ぎ、京都の細い通りを早足で駆け抜け、『中京こころのびょういん』へ飛び込んだ。

受付には千歳という看護師が取り澄ました顔で座っている。

「古賀さん。猫は飲み切りで十日分、お出ししてますけど」

「飲み切りって、ほんまの薬みたいに」古賀は歯ぎしりをした。「そりゃあ、悪ノリした僕もあかんかったけどね、でもあのマルゴいう猫のせいで一睡もできひんかったんですよ」

「猫の変更をご希望でしたら、先生に直接相談してください。診察室へどうぞ」

にべもない対応にグッと言葉を飲み込む。こういう冷たい女は苦手だ。すごすごと診察室へ入る。

カーテンが開いて、若い医者が入ってきた。こっちはにこにことしている。

「やあ、古賀さん。よく寝られたみたいですね」

「はあ?」幾分頭の冷えていた古賀だが、医者の軽い態度に怒りが湧き起こった。

「何言うてるんですか！　全然、寝られませんでしたよ！　二日間、ずっとニャアニャア鳴き続けて、一睡もできへんかったんですよ！」

「ええ、一睡もですわ！」

「それはおかしいですねえ」と、医者は首をひねった。「古賀さん、髪の毛はボサボサやし、服はクシャクシャやし、口のとこによだれのあとがついてるし、さっきまで爆睡してはったのかと思いましたわ。顔色もええし、よく寝れたとばかり……。そうですか、一睡もですか。二日間、一睡も寝られへんかったんですか」

医者は何度も首を傾げている。

寝起きさながらの自分の様相を指摘され、古賀はぽかんとした。せめて、ここへ来る前に駅のトイレで鏡くらい見ればよかった。確かに電車に揺られること数時間、爆睡していた。ここ数日の寝不足を解消するほど心地よい眠りだった。

「夢もですか？」

「な、何がです」

医者に聞かれ、ハッとした。

「夢ですよ。誰かの声が夢に出てくるって言うてはったやないですか。それも、あの猫では改善されませんでしたか」

医者は屈託《くったく》なく尋ねる。

「それは……」

「一睡もですか？」

そういえば二日間、眠れなかったせいで夢に悩まされてはいない。この病院へ来る前は、雛子が甲高い声でいいわねを連発し、嘲笑と失笑が混じり合う悪夢に毎晩悩まされていたのに。

さっき電車の中で見たのはやけにいい夢だった。古賀自身が、なんの抵抗もなくいいねと親指を立てていた。夏絵に笑里、雛子やセンターの職員が大勢登場した。みんな、古賀がいいねと言うと、嬉しそうに笑っていた。

黙っていると、医者はまた小首を傾げた。

「うーん、どうしてもと言わはるなら、別の猫を処方しましょうか」そしてキーボードを叩き出す。「同じ効果のある猫で、今うちにいるんは」

「あ、あの」

「はい」

「駄目やからゆうてすぐに替えるっていうのは、いくらなんでも可哀想とちゃいますか」

「そうですか？　でもあかんから別のもんに替えるんは普通のことですよ。替わりなんか、いくらでもありますからね」

医者は当然のように微笑んだ。

それが猫のことなのか、薬のことなのか、それとも処遇や人材のことなのか、わからない。ただ古賀の胸にグサリと突き刺さった。医者がまたキーボードを叩き出したので、慌てる。

「あの猫……、マルゴは最後まで預からせてください。妻と娘もマルゴを気に入ってますさかい、このままでええです。睡眠不足もあと八日くらいなんとか我慢しますから」

「そうですか。わかりました。では猫はこのまま続けるとして、服用の方法を変えましょうか。処方箋を出しますんで、受付でもらって帰ってください」

医者が出した小さい紙を受け取り、診察室を出る。ソファには誰もおらず、ひっそりと静まり返っている。

「古賀さん」と、受付で看護師が呼んだ。処方箋を渡すと、代わりにまた紙袋が出される。中には使い古されたクッションのようなものが入っていた。

「なんですか、これ」

「あの猫が普段使っているベッドです。猫をお返しの際に、こちらも一緒に持ってきてください。絶対に忘れないようにお願いしますね」

愛想はないが、大事な物だと伝わる言い方だ。随分と年下だろうに、こっちの背筋をピリッとさせる。

クッションを持ったまま、午後にはコールセンターへ出勤した。会議には間に合ったが、福田にはあからさまなため息をつかれ、雛子には体調を気遣われ、肩身の狭い思いをした。

だが家に帰ると、暗澹《あんたん》とした気分は吹き飛んだ。夏絵と笑里が自分を抜きにして居間で笑い合っているのはいつものことだが、そこにマルゴがいる。マルゴに向ける笑顔のまま、二人がこっちを見てくれる。今までとは違う雰囲気だ。

マルゴは長く体を伸ばして床に寝そべっていたが、起き上がると、古賀の足元に寄ってきた。

「お、マルゴ。偉いやんか。ご主人様をお出迎えしてくれるんやな」

嬉しくなってフフンと鼻を鳴らす。だが古賀の足先の匂いを嗅いだマルゴは、目を見開き、口を開け、愕然とした表情で固まった。人間だってこんなに露骨な顔はしない。足が臭すぎてショックだといわんばかりだ。

「なんちゅう顔してるねん、おまえは」

「それ、フレーメン反応ってやつやん」笑里はスマホを構えた。「匂い嗅いだ時になるみたいよ。マルゴ、可愛いからもう一回やって。お父さん、足の匂い嗅がせてよ」

「嫌やわ。あんな顔されたら傷付くわ。まるで人の足が臭いみたいに」

失礼な奴だと、試しに自分でも靴下を嗅いでみる。一日中革靴で蒸らされた足は強烈に臭かった。

「くっさ！　こらあかんわ。猫もびっくりや」

「臭いからそうなるわけじゃないらしいよ。相手を確かめてるんやって。お父さん、マルゴの動画撮るから足どけて」

「なんでやねん」

邪魔扱いされても、笑里が話しかけてくれるのが嬉しい。マルゴはというと、今度は病院でもらった紙袋に興味を示している。古賀は中から薄いピンクの箱型ベッドを出した。何度も洗ったように毛玉ができている。

「あら、何それ。使い古しみたいだけど」夏絵が聞いた。

「猫のベッドや。こいつ、夜中に全然寝えへんから、これやったら寝よるかもしれへんわ。おい、マルゴ。おまえのベッド借りてきてやったぞ」

マルゴはピンクのベッドに鼻先を近づけた。そしてまた丸々と目を見開き、あんぐりと口を開けた衝撃の表情になった。

「やった！　マルゴ、その顔でストップ！」笑里がスマホを向けてシャッターを切る。「お父さん！　足、足！　邪魔！」

「な、なんやねん」

古賀は慌てて足をどけた。マルゴはもう素知らぬ顔で、行儀よく座っている。

「もう。せっかく可愛いのが撮れたのにお父さんの靴下が写っちゃったやん。加工して消そうかな。それか、逆にあったほうがうけるかな。……マルゴ、お父さんの靴下に変顔、と」

笑里は笑いながらスマホを打っている。たとえ不可抗力で写った靴下の先といえど、娘が自分の写真で笑ってくれるのが嬉しい。夏絵も二人のやり取りを見て微笑んでいる。

笑里はマルゴを摑まえ、床に横たわらせた。おなかのあたりを手で撫でる。

「ねえ、お父さん。この猫、なんでマルゴってゆうんかわかったで」

「そんなん、説明書に書いてあったからやろ」

「ちゃうよ。名前の由来。ほら、絶対これ。白いとこが何個かあるやろ。おなかのここに二個と、足の付け根と」今度はひっくり返して背中を向ける。「お尻と背中のとこ。白い丸が五個あるから、マルゴ」

「そんなん偶然やろ。しかも全然丸とちゃうやんか」

「絶対そうやって。きっと最初はもっと綺麗な丸で、大きくなって伸びたんやって」

「そうかあ？」

「そうやって」

同じことで家族三人が笑うのは、何年ぶりだろう。大人になっても同じ目線で同じ物を可愛いと思ったら、自然と話すことができる。娘の成長で失《な》くした何かが戻ってきたようだ。

「屁の突っ張りか」

なんの役にも立たないと思っていた猫だが、少しは変化をもたらしてくれたらしい。古賀の呟きを聞いた夏絵は、顔をしかめた。

「嫌やわ、お父さん。おならしたん？　あっちいってよ」

「いやいや、してへんて。ん？　なんやマルゴ。その顔は」

見ると、マルゴが目を剝いて口を大きく開けている。笑里も顔をしかめて手で鼻を覆う。

「やだ、クサッ。マルゴ、あっち行こ」

「臭ないわ。してへんわ。なんや、おまえらみんなして。いや、ほんまに屁こいてへんし」

だが笑里はマルゴを抱いて二階へ上がり、夏絵も台所へ引っ込んだ。さっきまで朗らかだったのに、あっという間に古賀はポツンと居間に一人残された。

その夜から、説明書の通り家中のドアを開けておくと、マルゴはいろんな場所で眠るようになった。

居間においたピンクのベッドで丸まる。笑里の布団に潜り込む。夏絵の枕とベッドのわずかな隙間に挟まる。

そこまでは微笑ましかったのだが、古賀の周辺で眠る時だけはやけに密着してくる。

胸の上に乗り、何度どけても昇ってくる。もちろん重い。苦しくてうつ伏せになると、今度は背中に乗ってくる。またどけると、脇の間に無理やり体をねじ込まれ、寝返りが打てない。

仕方がないので胸の上で手を組み、直立状態で眠ると、マルゴは古賀の顎の下にダラリと横たわり、じわじわと喉元を締め付ける。朝目が覚めると、口の中が毛だらけだ。

昨晩はかけっぱなしにしていたコートを引っ張り落として、そこで丸まっていた。会社用のコートが猫の毛まみれになり、また家族に笑いが起こる。

「なんか、俺に対してだけちょっと悪意あらへんか？　この猫」

「でもお父さんの服がえらいことになった写真アップしたら、いいねがすごかったよ。やっぱり猫って強いわ。閲覧数が桁違いやし」

今までは夕食を済ませるとそれぞれが別々の部屋にいたが、マルゴが来てからは、マルゴのいる場所に集まっている。笑里はマルゴにスマホを向けて動画を撮影している。古賀もなんとかうまく動画を撮ろうと絨毯に這《は》いつくばっていたが、その言葉にピクリとした。

「右も左も、いいね、いいねか。笑里。そんな安っぽい褒め言葉に価値なんかあらへんぞ」

「違うで、お父さん。わかってへんなあ」

「なんや、何がや」

「人を褒めるのって、結構難しいんやから」

笑里も絨毯に這いつくばると、反対側からマルゴを撮り出す。古賀はスマホの画面に映るマルゴを見ながら、ムッとした。

「そんなことあらへんやろ。褒めるくらい簡単なもんや。適当に服とか髪型とかいいですねって言うだけやんかいな」

「危ないなあ、お父さん。そういうのって微妙なんだから」

「微妙ってなんやねん」

お互いスマホを構えながら、マルゴを挟んで話す。目はどちらも画面を追っている。

「目付きとか喋り方でバレてるんやで。ほんまにええと思ってるか、上辺だけで言うてるか。服なんて一番難しいんやから。下手したらからかってるってとられることもあるし、お父さんが言うたらセクハラになりかねへんよ」

「セ、セクハラ」

管理職の中年男性としては、最もヒヤリとする言葉だ。先日の赤い下着の件は誤魔化せたと信じたい。

「それにほんまに思ってたとしても、人を褒めるのはパワーがいるよ。自分がへこんでる時は、たとえスマホの画面タッチするだけでも面倒臭いもん。特にこっちが興味ない動画を送り付けられてきた時なんか、内心げんなり。でも無視するわけにはいかへんし、嫌々コメントしてる時あるよ」

「あら、大人やねえ」

夏絵が言うと、笑里は肩を竦《すく》めている。

「まあお互い様やけどね。誰かて自分の好きなもんは人に見せて、褒めてもらいたいもん。お互いそれで幸せになれるんなら、安っぽい褒め言葉でも、いいねには価値があるんやって。お父さんも会社の女子にマルゴの写真見せたげたら？　猫は強いで」

笑里は笑っている。古賀は娘の大人びた意見に驚きつつ、頭を小突かれた気がした。

コールセンターでは、いつものように昼食時間に雛子が職員たちの自慢話に付き合っている。笑顔で褒める雛子を見ても、苛立つことはない。むしろ、大人の対応だなと感心さえする。悪夢も不眠もいつの間にか解消されていたが、それは猫のせいだけではないような気がする。自分の卑屈なこだわりがほどけて、雛子の声が耳に残らなくなってきたのだ。

その日、珍しく雛子が一人で休憩しているのを見かけた。以前は喫煙所にしていた廊下の片隅だ。背を向け、窓の外を見ている。

古賀は周りに人がいないのを確認すると、近寄った。

「中島さん」

「あら、古賀係長」雛子は振り返った。

「あの、これ」と、古賀はおずおずとスマホを取り出した。「僕がうちで撮った動画なんですけど、よかったら、見はりませんか。なんていうか、癒されるっていうか」

「ああ……。古賀係長のお子さんも、まだ小さいんでしたっけ」

雛子は明らかに疲れたように笑って、すぐにハッと息を飲んだ。

「ごめんなさい。感じ悪い言い方しちゃったわね。ちょっとぼうっとしちゃって。

お子さんの動画かしら？　見せてくださいな」

　雛子はもういつもの明るい笑顔だ。古賀のスマホの動画を見て、更に明るく笑う。

「あら、猫ちゃん。古賀係長、猫ちゃん飼ってるんですか？」

　動画のマルゴは眠っている。人間のようにピンと真っ直ぐに仰向けで、前肢を胸の前で組み、後ろ肢の間から尻尾が伸びている。古賀がマルゴ対策でとった寝姿と同じだ。

「あはは！　やだ、これって寝てるんですか？」

「ええ、ツタンカーメンみたいでしょう」

「めちゃくちゃ可愛い！　いいですね！」

　雛子が大きな声で笑った。それはいつも以上に明るい笑い声で、目を大きく開いて動画に見入っている。古賀はそんな雛子を見ていた。

　人を褒めるのにはパワーがいる。笑里が言っていたとおりだ。雛子は大勢の職員を仕切るために東京からやってきて、結果を求められている。それなのに周りの中年男は非協力的で僻みっぽい。疲れて、一人になりたい時もあるだろう。人を褒めたくない時だってあるだろう。

「動物は、本当に癒されますね」雛子は動画を見ながら、やはり少し疲れ気味に笑った。「子供や赤ちゃんも、好きなんですけどね。でも私は独身だし、時々どう反応していいかわからないこともあって。まあ、私の反応なんてどうでもいいんでしょうけど」

「みんな、喜んでますよ」

気が付けば、古賀は本心からそう言った。

「中島さんが褒めてくれて、みんな喜んでますわ。ええと思います。僕はええと思います」

すると雛子は一瞬ぽかんとして、恥ずかしそうに笑った。

「あら、褒められちゃったわ。ほんとですね。嬉しいもんですね」

ああ、ほんまやと思った。慣れないことをするとパワーがいる。でも、こんなことが嬉しいなら、お互いにちょっと褒め合うくらい、安いものだ。

「あの、こんなんもあるんです。これも見てください」

古賀がフレーメン反応のショック顔を見せると、雛子はいつもの調子を取り戻したのか、大袈裟に可愛いと褒めてくれた。雛子の周りに人が集まるのがわかる。家で、マルゴの周りに家族が集まるのと同じだ。小さな幸せに、心が和んだ。

ガラス張りのブースでは、子猫がじゃれ合っている。どの猫もフワフワで、ぬいぐるみのように可愛らしい。だが、表示してある値段はどれも可愛くない。

休日ということもあってか、ショッピングモールの中にあるペットショップには小さな子供を連れた家族がたくさん訪れている。店内は明るく開放感がある。大きなケージの中で子犬が走り回り、子猫も広いスペースを与えられている。遊んでいる猫もいれば、ガラスに張り付く客を無視して熟睡する猫もいる。

店員はそれぞれ猫や犬を抱いていて、目が合うとすぐにさわらせてくれる。あれは堪《たま》らんなと、古賀は寄り付かないようにした。

笑里はガラスに手をついて中の子猫を見ている。薄茶色の毛の長い猫は、宝石のように青い目をしている。

「ねえ、お母さん。この子、めっちゃ綺麗じゃない？」

「ほんまやね。でも、スコティッシュフォールドがええて言うてたやん。綺麗な折れ耳とちゃうけど、こっちにいるで」

最初は真剣に見ていた古賀だが、すぐにげんなりした。種類の多さと名前の長さ、それに値段の高さは想像以上だ。笑里と夏絵は店員と喋っているので、店にあるソファに一人で座る。

猫を飼おうかと言い出したのは夏絵だ。マルゴがいなくなってすぐだった。たった十日いただけなのに、あまりにも大きな存在感を示したマルゴは、家の雰囲気を変えていった。マルゴと一番長くいたのは、日中家で共に過ごした夏絵だ。喪失感の大きさに焦ったのもよくわかる。

古賀はマルゴを返しにいった時のことを思い出していた。診察室でキャリーケースを渡す前、医者に尋ねた。

「あの、マルゴはええとこに戻るんですかね？」

「はい？」医者は首を傾げた。

「いや、嫁さんが気にしてるんです。マルゴのベッドは古いけど何回も洗濯してるみたいやから、きっとお気に入りを大事に使ってくれるええ人に飼われてるんやて言うんですけど、どうなんかな思って」

「ああ、はいはい。そうですよ。猫は物の高い安いとかはどうでもよくて、匂いが気に入るかが大事なんです。安心して寝られるええ家の子なんで、心配せんといてください」

医者の返事は軽く、適当だ。だがキャリーケースを受け取る手つきが優しい。中のマルゴはまったく名残惜しそうではなく、むしろせいせいしたといった涼し気な目をしている。緑茶色のサッパリした瞳の猫だった。

あんなまだらの猫はここにはいない。成猫もいない。本当はマルゴのように力強い猫が好きだが、選ぶこと自体、何かが違うような気がしていた。

「なあ、お父さん」

笑里と夏絵が寄ってきた。どうやら決まったらしい。古賀はよっこらしょと、立ち上がった。

「ああ、値段のことはかまへん。おまえらが気に入ったのにしたらええ。俺が次の車検まで今の車を我慢して乗ったらええだけやからな」

「そうじゃなくて」と、笑里は少し複雑そうに店を見回した。「ここにいるの可愛い子ばっかりやし、お客さんもいっぱいいるから、私らじゃなくても誰かええ人がお迎えしてくれると思うねん。だから、お店にいる子猫じゃなくて、こういうのどうやろう」

笑里がスマホを見せてきた。どこかのホームページらしい。別の店かと思ったがそうではない。

「保護猫センター？」

「うん。大学の友達もここからお迎えしたんやって。今日、見学会やってるねん。行ってもええ？」

「保護猫か」

保健所と何か違うのだろうか。ペットショップの賑わいにうんざりしていた古賀は、笑里の言うまま、保護猫センターへと向かうことにした。

動物愛護団体が運営する『保護猫センター都の家』は、街中から少し外れた静かな場所にあった。ホームセンターのような味気ない建物ではあるが、想像していたほど殺伐《さつばつ》とした雰囲気はなく、広くて明るい。見学用としてケージに入れられた猫がずらりと並び、家族や夫婦連れが多く来ている。

「ぎょうさんいるな。これ、全部捨て猫か」

「色々みたいよ。保護されたり飼育放棄されたり」

「放棄か。ひどいことしよるやつがいるんやな」

笑里と夏絵が屈んで一匹ずつ猫を見ているので、古賀はセンター内をうろついた。見学場所以外にも多くの猫がいる。治療中や譲渡不可の鑑札を付けたケージには、さっき見てきたばかりのサラサラの毛にキラキラの目をした猫はおらず、顔に傷があったり、毛がまばらに抜けていたりと様々だ。

戻ると、二人はまた最初のケージから見直している。

「大人の猫ばっかりやぞ。ええんか？」

「そら、子猫は可愛いけど、そのぶん大変やん。うちは猫も犬も飼ったことないしちょっと不安やねんな」

「そやけど、こんな大きい猫、懐くか？」

「懐きますよ」

後ろから声を掛けられ、古賀は振り返った。そしてギョッとした。

「あれ！　あんた、こんなとこで何してはるんですか」

そこにいたのは、あの病院の奇妙な医者だ。薄い笑いも病院で見たままだ。だが白衣ではなく、足元は長靴。そして腕には黒っぽい猫を抱いている。

「ここに勤めてはるんですか？　ああ、そうか。獣医さんもしてはるんですね。だから猫を」

「はい？」と、男は首を傾げた。そのおどけたような仕草も病院で見たままだ。

「僕はここの副センター長をしてます、梶原《かじわら》といいます。さっきの話ですけど、譲渡会に出てる猫は人慣れしてる子ばかりなんで、時間と愛情をかければ懐きますよ。今まで猫を飼わはったことはありますか？」

梶原という男が柔らかく尋ねると、古賀を押し退《の》けて笑里が答えた。

「ないんです。ちょっと前に少しだけ預かって、それがめちゃくちゃ可愛かったんで、飼おうかと」

「そうですか。そういうのも縁ですね。うちは飼い主さんに求めるお迎えの条件は、低めですよ。飼育経験がない家庭や単身者には譲渡不可にするところが多いんですけど、うちは気持ちを削《そ》ぐより、間口を広げる方針なんです」

笑里は梶原の人当たりのよい微笑みに惚けている。古賀は梶原を凝視した。どう見てもあの医者だ。見た目も喋り方も、愛想がいいのにどこか冷めたような微笑みも、まったく同じだ。

梶原が抱いている黒茶の猫がモゾモゾと動いて、顔をこっちに向ける。その目はマルゴに似た薄い緑色をしている。鼻の片側に大きな黒いブチがあり、反対側にはいびつな縞《しま》柄のブチがある。随分とまだらな色合いだ。

「それ、サビ猫ですか？」

古賀は梶原に訊ねた。

「白い部分も多いから、どちらかといえばミケ猫でしょうかね。トラ猫も混じっているかな。メスですよ。三歳くらいです」

「その子も、譲渡の猫なんですか？」

「ええ。おとなしくていい子なんですけど、ご覧のとおり、顔周りの模様があまり整ってなくて不人気なんです。なあ、ロク」

梶原は優しげに猫に話しかける。猫は鼻先を上げて顔を寄せる。古賀も、笑里も夏絵も、その猫をじっと見ていた。もっと綺麗で愛嬌のある猫が他にたくさんいるのに、なぜか梶原が抱いている猫を見ている。

「もう名前が決まってるんですか？」笑里が尋ねた。

「この猫は、ちょっと味気ないですが番号で名前が決まってるんです。この子は六番目のケージにいるんでロクって呼んでます。名前は譲渡のあとで飼い主さんが考えてもらったらいいですよ。どうですか、ちょっと抱いてみますか」

「いいんですか」

「どうぞ」と、梶原は笑里に猫を渡した。笑里はぎこちなく猫を抱き留め、困ったような笑顔を古賀と夏絵に向けた。

「やだ、あったかい」

猫がまた、鼻先を上げる。フンフンと匂いを嗅ぐ仕草に笑里は破顔している。古賀も笑った。

「ブチがぎょうさんある六番目やから、ブチロクやな。ははは」

するど、笑里が眉を寄せた。

「お父さん、ずるいよ。勝手に名前決めて」

「へっ？　いや、別に俺は」

「私、もっと可愛い名前にしたかったのに。モカとか、ベリーとか」

「それやったモカにしたらええがな。ベリーにしたらええがな」

「もうブチロクにしか見えへんやん。なあ、お母さん」

「ほんまやなあ。もうブチロクにしか見えへんなあ」

夏絵は猫に顔を寄せて笑っている。猫は二人の間でキョロキョロしている。

「もしこの子に興味があるんでしたら、トライアルで何日かお泊りして、相性を確認してください。向こうで簡単な書類審査がありますから」

梶原が受付を指すと、夏絵と笑里は二人で行ってしまった。猫はまた梶原に抱かれている。どうやらこのブチの猫が家に来るようだ。

古賀はチラチラと梶原の顔を見た。

「あの、ほんまにあの病院の先生と違うんですか？　六角と蛸薬師通の間くらいにある『中京こころのびょういん』いう小さい病院なんですけど」

「ああ、そこなら知ってますよ」と、梶原は笑った。「心《こころ》先生の病院ですよね。僕も以前はよくお世話になりましたよ。センターにもたまに来てもらってますし」

「いや、ええと……病院て、心療内科のことですよね？」

「心療内科？　いいえ。中京区にある須田《すだ》病院のことですよ」

会話がかみ合わず、梶原のほうも困ったように笑っている。笑里と夏絵が戻ってきた。

「ブチロク……じゃなくて、この猫ちゃんをトライアルでうちに連れて帰ることにしました。お父さん、ええやんね」

「ああ」

古賀は上の空で、梶原が首からかけている職員証を見た。梶原友弥《ともや》。見た目はあの医者にそっくりだが、もっと落ち着いている。こうして話しているとやはり別人なのかと思う。梶原は黒茶の猫を笑里に渡した。

「ロク。仲良くしてもらいや」

そう言って猫の額を指先で掻く。猫は気持ちよさそうに目を閉じた。センターで貸し出しされたキャリーケースに猫を入れ、笑里は上機嫌だ。

「里親トライアル中ですって写真アップしたら、めっちゃいいねがきたよ。あれ、ブチロクって名前もいいですね、やって。お父さん、なんでか知らんけど評判やで。よかったね」

「ふん。お父さんはそんな安っぽい言葉に喜んだりせえへんのや」

だが、意図せず自分が付けた名前にいいねが集まり嬉しい。サビ猫ではないが、どこかマルゴに似た力強さを持った猫が我が家に来そうだ。それも嬉しい。

家に帰ったら、自分も動画か写真を撮ろう。そして、誰かに見せよう。

そして誰かにいいねと褒められたなら、こっちも褒め返そう。ブチロクは褒められまくるはずだ。つまりその名前を付けた自分にいいねが集まる。妻と娘にチヤホヤされる猫を横目に、古賀はニヤリとした。

第三話

南田恵《みなみだめぐみ》は六角麩屋町《ろっかくふやちょう》通の角にある公園の前で立ち止まった。

振り返ると、細い通りを挟んだ向こう側で娘の青葉《あおば》が立ち止まり、下を向いている。その姿を見て苛立つものの、落ち着かなければとひとつ息を吐いた。

「青葉、早く歩きなさい。周りの人の邪魔になるやろ」

抑揚《よくよう》なく言うと、トボトボと明らかにしょぼくれて、青葉が近寄ってきた。

小学四年生の青葉は、見た目はまだ子供っぽく、しかも悄然《しょうぜん》としているので、冷たくしているこっちが悪者の気分だ。だが無駄足を踏まされ、優しくする余裕はなかった。娘が友達に聞いてきた曖昧《あいまい》な住所に、確かに病院はあった。ありはしたのだが。

「……だってリゼちゃんとトモミちゃんが言うてたんやもん。キコちゃんのママ友の子も、こころ先生の病院で話聞いてもらったって」

「だからそこはさっき行ったやないの。違う病院やったやろ」

ちゃんと調べなかった自分も悪い。わかっていても、恵の声には棘《とげ》が含まれる。

四年生になり、娘の青葉は急に扱いづらくなった。学校がつまらないだの、勉強が難しいだの文句を言うのはいつもだが、少しふさぎ込むような表情を見せるようになった。そして数日前、中京区《なかぎょう》にあるこころ先生の病院へ行きたいと言い出したのだ。

小学生に心療内科など不必要だと取り合わなかった恵だが、近所のママ友にそれとなく話題を振ってみたところ、今どきは幼稚園児でもメンタルケアは当然だと言われてしまった。それを聞くと、無性に行動したくなった。今すぐ行かなければ、自分が時代遅れの駄目な母親のような気がして、いてもたってもいられなくなったのだ。

そうして訪れたのが、地図アプリで検索した中京区にある須田心《すだこころ》という医者の病院だった。

しかしそこは心療内科ではなかった。小児科でもなかった。

それどころか人が対象ですらなかった。細い道筋にある古くて小さな病院の中では、入ってすぐ長椅子のそばに大きな犬が伏せていた。壁一面には写真が貼ってあり、そのすべてに犬や猫が写っていた。飼い主と一緒の写真も多かった。

こころ先生の病院というのは、動物病院だったのだ。ママ友と話が合わないのが嫌で来てしまったが、青葉の情報を鵜《う》呑《の》みにするのではなかった。

「もう帰ろか。ママ、晩ご飯の用意せなあかんし」

「そんなあ。こころ先生の病院探してえや。中京区のなんとかいう通りなんやって」青葉は顔をしかめ、不満を表した。

「須田病院はあったやろ。動物の病院が」

「そこと違うって。どっかの一番上の階にあって、ちゃんと話聞いてくれる先生がいるんやって。リゼちゃんもトモミちゃんもかかりつけの先生がいて、何もなくても、いつでも電話してええって言われてるんやで」

「子供にかかりつけって」

恵は力なく笑った。完全に友達に踊らされている。

心理カウンセラーやメンタルサポートが子供たちの間で流行《はや》りになっていることは、ママ友に聞いた。進学塾に行く、習い事をする、スマホを与えられる、そして相談は親や教師ではなく、プロにする。それがカッコいいと子供たちは考えているのだ。成長すればするほど会話が成り立たず、理解ができない。

「……喋りたいことがあるんやったら、宿題終わったあとでママが聞いたげるから」

「そんなん言うたかって、ママなんか、なんにもわかってへんやん。いつも、全然話聞いてくれへんやん」

青葉が反抗的に言い返す。恵はついカッとなった。

「それやったら、自分で探しなさい」

きつくそう言って一人で歩き出す。ひとつ通りを過ぎ、富小路《とみこうじ》通の角に差し掛かったところで振り返ると、青葉は途中の店の前で立ち止まっていた。こっちを見て指を差す。

「ママ、こっちにも細い道があるよ」

「道？　何言うてんの。ここらに抜けられる通りはあらへんよ」

「だってほら！」青葉は小さな子供のように地団駄を踏んだ。「ちゃんと見てよ！　道があるもん！」

「どうせ駐車場とかやろ。人の敷地に入ったら……」

　恵はうんざりしながら青葉の元へ戻った。すると本当に道はあった。薄暗い路地が細く伸びている。

「ほらね。ちゃんとあるやろ。ほんまやったやろ」

　青葉は勝ち誇ったように言うが、表通りからだとただの隙間《すきま》だ。見落としたのは仕方がないと、恵は黙って覗《のぞ》くだけにした。路地は突き当りを古いビルで塞がれ、なんだか気味悪くて足が進まない。すると青葉が走り出した。

「ママ、私が探してきてあげる」

「ちょっと、青葉。そんな変なビルに入ったらあかん」

「だってママ、自分で探しなさいって言うたやん」

　そう言うと青葉は元気よくビルに入っていく。恵は慌ててそのあとを追いかけた。

ドアがやけに重い。それだけでも入りにくい病院だと思うのに、中にいる看護師は目を伏せ、やたらツンケンとしている。通された診察室には患者用の椅子がひとつしかないので、仕方なく恵は立っていた。

もうすぐ五時だ。モタモタしていると中学生の長男が帰ってきてしまう。育ち盛りで、食べることしか考えておらず、山のように部活の洗濯物を持ち帰ってくる長男が。

スーパーに寄るつもりだったが、やめておこう。冷蔵庫には何があったっけ。そういえば来週のママ友とのお茶会には、何を持ち寄ればいいんだろう。お取り寄せのネタも尽きてしまった。

色んなことが頭をかすめる。青葉のほうは病院に来られたことで明らかにウキウキしている。

「さっきの看護師さん、すごく美人やったね。私、あの人どっかで見たことある気がする。芸能人に似てるんかな」

「青葉、静かにしてなさい」

軽く睨《にら》むと、青葉は俯《うつむ》いた。

カーテンが開いて白衣の男性が入ってきた。こんなに若くて甘い顔立ちの医者は初めてだ。

「うわ、びっくりした。先生、めっちゃ男前やん」

青葉が明るく言った。自分が思ったことをそのまま言われ、恵はギョッとした。

「青葉、失礼なこと言うたらあかんよ。静かにしなさい」

つい突き放した言い方になり、青葉はまた下を向いて膨れてしまった。心療内科医の前で子供を叱る母親。自分でもひどく気まずい。ちょっとしたことで虐待だと騒がれる世の中だ。チラリと医者を見る。

医者はにこにこしている。

「椅子、逆ですよ」

「え？」

「お母さんのほうが座らんと。患者さんなんやから」

一瞬、なんのことかわからなかった。だが恵は頬を紅潮させた。

「いいえ、私と違います。診《み》ていただきたいのは娘のほうです」

「あれ、そうですか。娘さんのほうは」と、医者は青葉の顔を覗き込んだ。「なんにも問題ないように見えますけどね。お嬢ちゃん、お名前と年齢は？」

「南田青葉、十歳です」

「はい。今日はどうしはりましたか」

「えっと」青葉は首を傾《かし》げ、足をブラブラさせた。「学校で困ってることがあるんですけど、聞いてもらってええですか?」

「もちろん。どうぞ、どうぞ」

「先生、派閥《はばつ》ってわかりますか? 私のクラスに派閥があるんです」

屈託ない青葉の問いに、恵は目を丸くした。

「ちょっと青葉。そんなことお医者さんに……」

「ええですよ、お母さん。派閥か、難しい言葉知ってるんやなあ。もちろんわかるよ。僕はお医者さんやからね。派閥がどうしたんかな」

「はい。今、私のクラスにリーダーが二人いて、絶対にどっちかの派閥に入らなあかんのです。ほんまはそんなんに巻き込まれるの嫌やねんけど、負けた方がカーストの下位になるから真剣に悩んでるんです。仲良しのリゼちゃんとトモミちゃんは、そういうのをかかりつけのお医者さんに相談してるから、私も先生に話を聞いてもらおうと思って」

青葉はまるでアニメの話でもするように明るい。

恵は唖然《あぜん》とした。青葉が最近不貞腐《ふてくさ》れていたのは知っている。だから機嫌取りのつもりで、わざわざここへ連れてきたのだ。

だが、まさかこんなくだらない話をするとは。

「青葉、ここはそんなしょうもない話をするところとちゃうよ。悩みとか心配事を聞いてくれるところなんやで。病院の先生は忙しいんやから、もっとちゃんとしたことを話しなさい」

「ああ、大丈夫ですよ、お母さん」医者は軽く笑っている。「元々そんなつもりやなかったのに、風の噂とやらで人が集まってきてるだけですから。僕らが待ってるのは予約の患者さんだけなんですけどね。でもどうやら今日も来ないみたいですわ。ずっと待ってるんですけどね」

「予約してるのに来ないの？」青葉が聞いた。

「そうやねん。もうずっと前から待ってるんやけどね。なんでかなあ。ドアが重いんかなあ」

医者は不思議そうに顎《あご》をしゃくっている。

奇妙な医者だ。喋り方は古臭く、態度はそこらへんの若者のように軽い。恵は間違った場所へ来たと感じた。そもそも青葉の相談事には中身がなく、ほとんど冷やかしだ。

青葉が笑顔でこっちを見た。

「ママもここのドア、めっちゃ重いって怒ってたやんね」

「余計なこと言わんでええよ、青葉」

恵が眉を寄せると、青葉は座ったまま顔を俯けた。また嫌な雰囲気になったが付き合っていられない。もう帰ろう。家ではやることが山積みだ。

「先生、すいませんでした。しょうもないことで伺って。娘はちょっと病院に来てみたかっただけみたいです。小学校の中にもスクールカウンセラーがいはるんで、そこに相談するようにします」

「しょうもなくないもん」青葉は俯《うつむ》きながらポツリと言う。「ママ、いっつも私の話、しょうもないって言う」

「だってそうやろ。ほら、もう帰るで。ママ、ご飯の用意せなあかんねん。カーストの話はあとで聞いたげるから」

だが青葉は動かない。

「聞いてへんやん。どうしてママは、いっつも私の話聞いてくれへんの」

「聞いてるやん。ご飯の時に、いつも聞いてあげてるやろ」

「ママはなんにもわかってへん。何言うても、どうせあんたが悪いんやろうとか、そんなしょうもないことどうだってええやんって言うもん。クラスの派閥の話かって、もうしたよ。そしたらそんなしょうもないことに関わらんときいって、そう言うたやん」

「それは……」

聞いただろうか？　言っただろうか？

だとしても覚えているはずがない。小学生の悩みなど日替わりで、いちいち取り合えるほどこちらは暇ではないのだ。

「ふーん、これはあきませんね」

医者は腕組みをして唸った。

「ドアが重いんですか。それはあかんなあ。ちょっと強めの猫打ちましょか。千歳《ちとせ》さん、猫持ってきて」

するとカーテンの奥から看護師が入ってきた。手にはキャリーケースを持っている。

「ニケ先生、ええんですか？　もしかしたら、そろそろ予約の患者さんが来はるかもしれませんよ」

看護師は眉をひそめ、不服そうだ。医者は苦笑いをしている。

「はは、もし来たら、少しくらい待ってもらいましょか。今まで随分と待たされたんやから、ちょっとくらいかまへんでしょう」

「知りませんよ、私は」と、看護師は冷たく言うと、ケースを置いて出て行った。

恵は呆れた。医者に対して随分と偉そうな看護師だ。おまけに、こっちにはサッサと帰れと言わんばかりだ。

「ママ」と、青葉が呟いた。また自分と同じことを思っているのかと訝《いぶか》ったが、そうではないらしい。ケースを見て、指差している。

「見て。猫が入ってるよ」

「猫？　そんなわけあらへんやろ。動物病院じゃあるまいし」

「だって見てよ、ほら」と、青葉は怒った。「私の言うことちゃんと聞いてよ！」

半ばげんなりして、恵は屈んだ。プラスチックの簡易のケースだ。側面の網から白い物が見える。白い毛の、猫がいた。

小さな猫。逆立っているせいで毛が細く、散らしたように見える。鼻の薄いピンク色が儚《はかな》く、か弱く、目だけが大きい。片方の耳に黒い毛が混じっている。

「……ユキ」

恵は呟いた。青葉が顔を向ける。

「ママ、この猫、知ってんの？」

「いや、でも……そんなん、あり得へん……。だってあの子は……」

茫然《ぼうぜん》としながら、小さな白い猫から目が離せない。まるでたんぽぽの綿毛。吹いたら飛んでいきそう。あの時そう思った記憶がまざまざと蘇《よみがえ》ってくる。

あれは、小学校三年生の頃だった。

「メグちゃん、マミちゃん、早く早く！」

レイコに呼ばれ、恵はランドセルを大きく揺らしながら駆け寄った。

小学校からの帰り、いつもの帰り道より少し遠回りした所にある空き地だ。ブロック塀の隅っこに段ボール箱が捨ててある。箱の前でしゃがみ込むレイコの後ろから覗くと、汚れたタオルと新聞紙、そして三匹の小さな猫がうごめいている。

「わあ、猫やん！」

恵は一瞬で胸がいっぱいになった。近所で飼っている犬を撫《な》でたことはあるが、猫に触れたことはない。初めて間近で見る猫は、ぬいぐるみと同じくらいの小ささだ。

ニーニーと、小さな口を開けてか細く鳴いている。そこにはちゃんと牙まで生えている。とはいっても、まるでプラスチックのような頼りない牙だ。

「可愛い」三人はランドセルを放り出し、夢中になった。子猫はあくびをしたり、短い肢で頭を掻《か》いたりして、とても愛らしい。空き地にはたくさん黄色いたんぽぽが咲き、少し早咲きのものはもう白い綿毛になっている。子猫たちはフワフワで白い綿毛のようだ。

最初に手を伸ばしたのはレイコだ。レイコは一緒に遊ぶ女子仲間のリーダーで、利発で勉強もよくできる。

レイコが箱から真っ白な猫を取り上げた。マミも猫を一匹取り出す。次はあんたの番といわんばかりの二人の目に、恵は内心怯えながらも、最後の一匹を箱から取り出した。

びっくりするほど軽く、柔らかい。

小さな猫は細い毛を逆立て、吹いたら飛んでいきそうに繊細だ。片方の耳に少しだけ黒い毛が混じっている。他は真っ白だ。鼻の薄いピンク色は儚く、目だけが大きい。

しばらくその場で猫を抱いていた三人だが、レイコが立ち上がった。

「私、この猫飼うわ」

「えっ」と、恵とマミはチラリと顔を見合わせた。

「うん、飼うわ。だって可哀想《かわいそう》やん」

レイコはきっぱり言い切った。そして、まだしゃがんだままの二人を見下ろした。

「私、お母さんに頼むから、二人もそうしたら」

「で、でも」恵は猫を抱いたまま、俯いた。「うちのお母さんはあかんって言うと思う。だって家も狭いし」

「そんなん、頼んでみいひんとわからへんやん。私のお母さんなんか働いてはるんやで。学校の先生なんやから、他のお母さんより忙しいねんで」

「そやけど……」

恵の家に動物はいない。夏休みに弟が採ってきたカブトムシくらいだ。それだって玄関先に虫カゴが置きっぱなしで、誰が世話をしたのか知らない。

母の顔を思い出すと、とてもじゃないが子猫を連れて帰ることなどできない。だが、レイコの視線が痛い。するとマミが勢いよく立ち上がった。

「私も飼うわ。お母さんに頼んでみる」

「ほんま？　マミちゃんは優しいなあ」

「うん。だってこのままやったら、猫が可哀想やもん。お母さんがあかんって言うたらお父さんに頼むわ」

レイコとマミの見えない結託《けったく》を感じ、恵は焦った。慌てて立ち上がると、自分も言う。

「私も飼うわ。うちもお母さんがあかんって言うたらお父さんに頼んでみる」

「ほんま？　じゃあ三人で飼おう」

「うん、そうやね。三人で飼おう」

レイコに認めてもらったという嬉しさで、勇気が湧いてきた。胸の中の猫は暴れているが、逃げるほどではない。急にその猫が自分の物のように感じる。

「なあ、名前決めよっか！」

レイコの提案で、三人はその場で猫の名前を考えた。恵は、猫にユキと名付けた。白くて雪のようだからユキ。耳に黒い毛が混じっているけど、それも可愛く思える。

ユキは私が守る。そう決めて、恵は小さな猫を胸に抱き留めた。

家に帰ると、都合よく母親は出かけていた。今のうちだと、玄関の内側に新聞紙を敷いてそこにユキを放した。先に学校から帰っていた弟の良仁《よしひと》は階段の上り口でぽかんとしている。

「お姉ちゃん、猫飼うの？」

「そうや。可愛いやろ。ユキって言うねん」

「ええの？　お母さんに怒られるよ」

恵は心配そうな良仁をひと睨みした。

「うるさいなあ。ええやろ、私が面倒みるんやから。よっくんはさわったらあかんで。私の猫やねんから」

強く言うと、途端に良仁はメソメソとした。一つ年下の弟はすぐに泣く。

「もう。よっくんはすぐに泣くんやから。ほら、この子、さわってええよ」

「うん」と、良仁は靴下のまま玄関に降りると、しゃがんで小さな猫を眺めた。

「ちっちゃいね。お姉ちゃん、可愛いねえ」

「そやろ」

弟と二人で小さなユキを眺める。ユキはこっちを見上げ、ニーニー鳴いている。何かを訴《うった》えるように、ずっとニーニーと鳴いている。

外から音がして、玄関の引き戸が開いた。両手にスーパーの袋を持った母親が帰ってきた。大きくせり出したおなかのせいで動きは億劫《おっくう》そうだ。あと二か月もすれば、もう一人弟ができる。

母親はふうと大きく息を吐いた。そして、しゃがみ込む恵と良仁の間にいる猫を見て、顔色を変えた。

「ちょっと！　何やの、これ！」

その声があまりにも大きく鋭かったので、恵は硬直した。少しは怒られるだろうと予測していたが、ユキはこんなにも可愛いのだ。母親もユキを見て微笑むんじゃないかと、甘く考えていた。

だが強烈な拒絶だ。母親は荷物も置かずに、玄関先で怒鳴った。

「返してきなさい！　早く！」

「お母さん、あ、あのね、この子、可哀想で」

「何言うてんの！　猫なんか拾ってきて、うちの家で飼われへんやろ！　元のとこ

だ。

母親は目を吊り上げ、怒鳴った。宿題をやらなかったり、良仁と喧嘩して叩いたりと、その都度怒られることはよくあるが、ここまで怒った母を見るのは初めてだ。

良仁が泣き出した。うわーんと声を上げ、顔をくしゃくしゃにしている。恵も泣きそうになったが、堪《こら》えた。

「お母さん、聞いて。この子、レイコちゃんが見つけてん。でも三匹もいて、レイコちゃんのお母さんは頼んだら飼ってええって言うはずやから、マミちゃんと私にもそうしたらええやんって」

「レイコちゃんのことなんか関係あらへんでしょう！　あんたが連れてきたんやから、あんたが返しに行きなさい！」

母親はきつく言うと、ぶるぶる震える恵を無視して家に上がった。振り向いて、また鋭く言う。

「よっくん、いつまで泣いてんの！　もうすぐお兄ちゃんになるんやから、すぐ泣くのはやめなさい！」

母に怒鳴られ、良仁は更に声を上げて泣いた。もうユキの小さな鳴き声など聞こえないくらいの大声だ。恵の目から涙が零《こぼ》れ、足元に敷いた新聞紙にポタポタと落ちる。それでも母親は忌々《いまいま》しげに顔をしかめるだけだ。

「暗くなる前に、元にいたところに返しに行きなさい」

そう言って、奥へと消えていった。


恵は新聞紙ごとユキを抱きかかえ、のろのろと空き地へ向かった。

お母さんは鬼だ。鬼ババだ。

母親に対する不平と不満で、涙が止まらない。ユキは小さな爪を立て、しっかりと服にしがみついている。こんなにも自分を頼りにしている小さな生き物を捨てていなんて、本当にひどい。

空き地に着くと、ブロック塀のそばに人がいた。マミだ。段ボール箱の前でしゃがんでいる。

「マミちゃん」

振り向いたマミは顔を真っ赤にして泣いていた。箱の中には、マミが連れ帰ったはずの子猫がいる。

恵はマミの隣にしゃがみ込んだ。

「マミちゃんとこもあかんかったんや。私の家も、あかんかったわ」

「うん。お父さんが帰ってきたらめちゃめちゃ怒るから、すぐに捨ててきなさいって」

「うちも。お母さん、鬼ババやわ。大嫌いや」

「うん。うちのお母さんも鬼ババやわ。でもレイコちゃんとこはお母さんが学校の先生やもんね。捨てたりせえへんよね。最初からレイコちゃんが三匹とも飼ってくれたらよかったのにな。見つけたんはレイコちゃんなんやから」

「そうやね、ほんまやわ」

恵はホッとしていた。マミがいたことで、随分と気持ちが楽になっていた。

マミは服の袖で涙を拭うと、立ち上がった。

「私、もう帰らんとあかんわ。ピアノの練習しないとお母さんに怒られる」

「私も帰る」

置いていかれるのは嫌だと、ユキを放して段ボール箱の中に置く。ユキはもう一匹の猫と並んで懸命に鳴いている。

「ごめんね、バイバイ」と、マミが先に駆け出した。恵は慌てて後を追った。段ボール箱も、空き地のたんぽぽも視界から消える。マミとはすぐに別れ、そのまま走って家に戻った。

家に帰ると母親は台所にいた。背中を向けたまま、穏やかな声で言う。

「猫、どこに戻してきたん」

「角にある空き地。桜の木のあるとこ」

「そう。宿題あるんやろう。ご飯の前にやってしまいなさいよ」

「はい」

　恵はそそくさと居間へ逃げた。てっきり続きで叱られると思っていたのに、母は妙に落ち着いていて、それが逆に怖い。もうこれ以上ユキのことには触れないでおこう。宿題もサッサとやってしまおう。

　夕飯時にはいつもの母親に戻っていた。ニンジンを残すと叱られ、食べるのが遅いと叱られ、良仁とテレビのチャンネル争いで騒いで叱られた。まだユキのことを引きずっていた恵だが、明日学校で縦笛の発表があることを思い出すと、そのことで頭がいっぱいになった。見たいアニメがあったのに、練習しなくてはならないのが悲しくて、笛を吹いている最中ずっと涙目だった。

　父は夜勤の仕事で、休みの日以外はあまり顔を見ることがない。ご飯も、お風呂も、三人だ。寝る時だけは良仁と二人で、いつものように和室で布団を敷いて寝ていると、ふと何か音がして目がさめた。

　なんだろう。隣の良仁を見ると豪快に布団を蹴飛ばして寝ている。気のせいだったかとまた眠った恵だが、しばらくして、今度ははっきりと聞こえた。玄関の戸が閉まる音だ。古い家なので引き戸の開け閉めをすると二階まで響く。誰かが出入りしたのだ。

父親だろうかと、四つん這《ば》いになって窓から外を見たが、暗くてわからない。ブルッと寒気がして、トイレに行きたくなる。眠い目をこすりながら、下へ降りた。

一階は薄暗かった。階段を下りてすぐの狭い居間で、母親が机に突っ伏している。自分の腕に顔を埋めていた。

「お母さん」

声を掛けると、母親は驚いたのか肩をビクリと震わせ、顔を上げた。薄暗くてよくわからないが、手で頬を拭っている。

「ああ、何？　トイレ？」

「うん……」

いつもの母親だ。だがどこか違う。少し寂しげで、声に力がない。恵は不安を感じた。母親がどこかに行ってしまうような気がして怖くなる。

「お母さん、どうしたん」

「何が？　どうもしないよ。しょうもないこと言うてんと、早く寝なさい。良仁が布団蹴っ飛ばしてたら、ちゃんと掛けてあげるんやで。お姉ちゃんなんやから」

それは苛立った早口の、いつもの母親だ。ホッとしたのと同時に腹も立つ。また、しょうもないだ。何を言っても、全部それで片付けられてしまう。

恵はトイレを済ませると、布団に戻った。良仁がおなか丸出しで寝ているが、わざと無視する。

お母さんなんか嫌いや。全然話聞いてくれへんし、いつも怒ってばっかり。

恵は頭から布団をかぶると、ギュッと目を閉じた。


「その猫……、それからどうなったん？」

遠慮がちな青葉の声に、恵の胸は締め付けられた。

ケースの中で、子猫は自分の手をペロペロ舐めている。体の割にはしっかりと指の割れ目のある大きな手だ。そのアンバランスさが痛々しい。

子猫はこちら側の存在に気が付いたのか、動きを止めるとじっと見つめてきた。まだ警戒することを知らない無垢な目をしている。

同じ猫なはずがない。ユキを拾って、たった数時間で捨てたのは、もう三十年以上も前だ。それでもそっくりに思えた。白い綿毛。耳のあたりに混じった黒いブチ。灰青色の瞳が潤《うる》んでいる。

どうして今まで、忘れていたんだろう。

あの時、自分が何をしたか。

どんなに残酷なことをしたか。

「……そのあとのことは、あんまり覚えてないねん。でも多分、ママはすぐに忘れて、何もしなかったんやと思うわ。一緒に猫を拾った友達がどうしたかも覚えてない。あの猫が……ユキたちがどうなったんかも、わからへん」

ぼんやりしながら、記憶をたどる。幼かった自分は、あのあと猫を気にかけてさえいなかった。だからきっと空き地を見に行くことすらしなかった。少なくともそんな覚えがない。

なんて薄情で、無知で、無責任だったのだろうか。あの時の実家の状況を思い出すと、母親が怒ったのは当然だ。

そして今はわかる。あの日の夜、母親の行動の意味が。

母はきっと、一人で見に行ったのだ。私が捨てた猫がどうなったのか。

飼うことはできない。助けることもできない。

でも、確かめに行かずにはいられなかったのだろう。空き地の段ボールの中で、猫がどうしているか。無視できなかったのだ。親としてというより、人として。

ニーニーと、今も猫は鳴いている。あの時もきっと、寂しくて、おなかが空いて、寒かったのだ。それすらもわからないのに、連れ帰ってしまった。悪気はなくても幼稚だった。子供だった自分の愚かさに、今更ながら気付かされた。

それまで黙って聞いていた医者が、ケースを持ち上げた。自分の方に回して、扉を開ける。

「即効性ありますよ、この猫は」

そう言って中から子猫を出す。片手で猫の腹部を持ち、もう片方の手で足の付け根を押さえる。

「猫はこうやって抱くんです。体がとても柔らかいんで、遠慮せずにしっかりと保定してください。はい、どうぞ」

「え……」

戸惑う恵に、医者が猫を渡した。その動きはあまりにもしなやかで、猫はまるで流れるようにして恵の胸元に収まった。小さく、暖かい。こうして抱いてみると、あの時のユキよりひと回り大きい。子猫のあどけなさはあるが、体つきはしっかりしている。

だが子猫はすぐに居心地悪そうにモゾモゾと暴れた。逃げようとして、もがく。

「嫌や、どうしよ。落としちゃう」

「もっとしっかり持って大丈夫ですよ」

「そんなこと言うても」

子猫のほうが嫌がって逃げるのだ。白く細い毛はたんぽぽの綿毛というより、まるでネコジャラシだ。

「ママ、貸して」青葉が手を出してきたが、恵はサッと体をよけた。こんなに暴れる猫をうまく扱えるはずがない。

「あかんて。あんたは落とすやろ」

そう言ったものの、自分もうまく持つことができずにオタオタとする。子猫は服に爪を引っかけたまま、無理やりに体をひねった。

「あっ！」

子猫が手の中をすり抜けた。だが青葉がうまく受け止めた。

「セーフ！」青葉はそのまま、子猫を抱き締めた。「うわ、フワフワや。ちっちゃいなあ。あかんよ、じっとしてて」

そして両手で子猫の体を包み、自分の胸に押し付ける。

「ニケ先生、抱っこの仕方、これであってますか？」

「あってるよ。上手やね」

医者はにっこり笑う。青葉は零れ落ちそうな笑顔を子猫に向けた。

「可愛いなあ。赤ちゃんみたいやね。ちっちゃすぎて怖いわ」

それでもその手つきは迷いなく、絶対に離すまいと自分の胸に抱えている。さっきは不安げだった子猫は不思議そうな顔で見上げると、青葉の手を小さな舌でチロチロと舐めた。

「うわ、なんかザラザラしてるよ。ママ、猫の舌、変やで」

青葉に笑顔を向けられ、恵はハッとした。娘のこんな顔を見たのはいつぶりだろうか。

笑顔だけではない。子猫を抱く手もしっかりしている。できないと決めつけていたのに、青葉のほうがよほど上手に猫を抱いている。

子猫にもそれがわかるから大人しくしているのだ。今まで、子供だからとすべてを頭ごなしに否定してきたが、この場で子猫が頼りにしているのは恵ではない。青葉だ。

「ねえママ、もしかしたらこの猫、ユキちゃんの子供かもしれへんね。だってそっくりなんやろう」

青葉は子猫と鼻先を合わせて、無邪気に言う。

そんなことはあり得へん。何をしょうもないことを。

いつもの恵なら、そう言うだろう。青葉にはまだ、置いていかれたユキの末路を想像することができない。どんな奇跡が起こったとしても、今、ここにいる子猫とユキは関係がない。

もし空き地の段ボールに戻されたユキが誰かに拾われていたなら、それは本当に奇跡だ。だがそんな都合のいいことは起こらない。

きっと、起こらなかった。

「……そうやねえ、もしかしたら、そうかもしれへんね」

恵は涙を飲み込み、穏やかに言った。あの頃、母が涙を見せず一人で飲み込んでくれたつらさを、自分も飲み込んだ。青葉は嬉しそうに顔を明るくした。

「きっとそうやって！　ねえ、ニケ先生。この子、ユキちゃんの子供かなあ」

「さあ、どうでしょうねえ」と、医者はとぼけた感じで答える。「猫は図々しくて、弱くて、人間に比べたら短い命やけど、増えて減って、また戻ってくることも、もしかしたらあるかもしれへんね」

「それ、どういう意味？」

青葉が首を傾げる。医者は薄く笑った。

「さあ、どういう意味でしょうねえ。さて、気分はどうです、お母さん。めまいや吐き気はありませんか？」

「え？　は、はあ」

恵は訝った。本当に変な医者だ。ただニコニコしているだけで、何をしたわけでもない。

「そうですか。それはよかった。猫がよく効いたみたいですね。大抵の悩みは猫で治るもんです。でも猫を処方するにはまずこの病院へ来てもろて、自分でドアを開けてもらわなあきませんからね。あなたみたいにちょっとくらいドアが重く感じても、億劫《おっくう》がらずに入ってきてくれたらええんですけどね。でないと、いつまで経っても僕らは待ちぼうけですわ」

「はあ……」

やはり何を言っているのかわからない。医者が青葉を見た。

「君の悩みはどっちの派閥に入るかやったね」

「はい、そうです！」

青葉は子猫を大事そうに抱いたまま元気よく答えた。医者はうんうんと頷いた。

「簡単です。ボスが強い方の派閥に入ったらええんです。強いボスは、顔がデカい。顔がデカくてエラが張ってるほうについたらええんです」

「エラ？」青葉は眉を寄せる。「エラ？」

「そう。顔の真ん中に目と鼻と口がギュッと詰まってる感じです。どっちのボスが顔デカですか？」

「ぷっ……。ええと、レナちゃんのほうが顔がデカいです」

「それやったらレナちゃんについたらええです。さて、副反応もないようやし、もう帰ってもらってもいいでしょ。猫はしまっときましょうか」

医者が手を伸ばした。青葉が渋々といったふうに、猫を渡した。

「ニケ先生。この猫、先生の猫？」

「いいえ、この子はよそで家飼いされてる猫が産んだうちの一匹です。たくさん産まれたんで、引き取ってくれる先を探している最中です。ネットで募集するんとちゃうかな。子猫やし、すぐ貰い手がつくでしょう」

医者は猫をケースに入れた。猫はニーニーと鳴いている。

「では、お大事に」そして、にっこりと笑った。笑ってはいるが、淡々としている。

これでもうおしまいなのか。恵は胸にぽっかり穴が空いたような喪失感を覚えた。同じことを思っているのか、青葉が見上げてくる。

「お母さん、この猫、飼ったらあかんかな」

その願いに、グッと喉を締め付けられる。小さな猫を飼うことがどれほど大変なことか。自分が幼かった頃にはわからなかったことが、今ならわかる。多分、母の判断は正しかった。小学生の自分に猫の世話はできなかっただろう。

それでも唐突に感じる。娘の話をしっかり聞いて、理解しようという意識を持たなくては、また日々の忙しさに流されてしまう。自分にできなかったからといって、青葉もそうだと決めつけてはいけない。

恵は医者に尋ねた。

「先生、この猫はどれくらいお世話が必要なんでしょうか。一人でご飯が食べられるんでしょうか？　四六時中、誰かが付いていないとあかんのでしょうか」

「そうですね。この子は産まれてから二か月半ってとこですね。固形物もちょっとは食べられますけど、まだ離乳食から普通の餌《えさ》に切り替えてる最中なんで、ほっといたら駄目です。三回の食事は、様子見とかないとあきません。今はおとなしくしてるけど、動きは活発ですよ。手はかかりますよ。かからない猫はいません」

「三回……」

昼間、パートから家に戻ってくれば可能だろうか。朝の忙しい時に、世話ができるだろうか。夜、後片付けに追われながら構ってやれるだろうか。

考えても、考えても、答えがでない。色んな知識と準備がいる。簡単なことではない。黙り込んだ恵の手を、そっと青葉が握った。

「お母さん、私、頑張ってお世話するよ。学校からも真っ直ぐ帰るし、朝も早くに起きる。私が猫のこと見てるよ。私がお世話するから」

青葉は真剣に訴えてくる。その真剣がどの程度であったとしても、やはりそれは不可能だ。

「やめておいたほうがいい。大変なんは、あなたですよ」

医者が薄く笑って言った。まさにその通りだと思った。恵は俯き、唇を噛んだ。

ユキ、ごめんな。

あの時、見捨ててごめんな。ほんまに、ごめんな。

「――この猫を引き取らせてください。一生懸命、育てます。大事にしますから」

「そやけど」

「お願いします。私が面倒みますから」

恵は深く頭を下げた。医者は穏やかに言う。

「よく猫は気まぐれや言いますけど、人間のほうがよほど気まぐれなんですよ」

医者がどんな表情をしているかはわからない。だがその声から、何もかも見透かされている気がした。

青葉が立ち上り、恵の隣に並んだ。

「ニケ先生、お母さんじゃなくて、私が面倒みます。ちゃんとみますから、お願いします」

そして同じように頭を下げる。すると医者はあっさりと言った。

「そうですか。それやったら、受付で注意事項を聞いてください。あと、どうしてもあかんかったら、またここへ来てください」

医者がケースに顔を寄せると、伏せていた猫が鼻先を上げる。しっかりと見つめ合う。

「いってきたらええ。大丈夫や。帰るとこは、ちゃんとあるから」

猫と人間が本当に通じ合っているようだ。医者は「はい」と青葉にケースを渡した。青葉は両手でしっかりと受け取る。

診察室を出ると、受付の小窓から看護師が呼びかけてきた。最初と同じ印象の、つっけんどんな態度だ。紙袋を渡された恵は中を見た。

「これは？」

「その猫が使っていた物です。最低限の物しか入ってませんので、あとは買い揃《そろ》えてください。家の近くに病院はありますか？　深夜でも診てくれる動物病院を探しておいたほうがええですよ」

「あ、それやったら、確か須田動物病院が救急でも受け付けしてくれるって書いてありました。知ってはりますか？　ここへ来る前、間違って入ってしまった病院なんですけど」

「ああ……」看護師は目を伏せた。「知ってますよ。心先生の病院ですよね。私もニケ先生も、随分とお世話になりましたから。心先生に会わはったら、千歳がよろしく言うてたって伝えてください。では、お大事に」

愛想なしは変わらないが、どこか憂《うれ》いを含んだ口調だ。恵はそれ以上何も言わなかった。飼育に必要な知識は、専門家に聞いた方がいい。明日にでも須田動物病院へ行ってみよう。

病院から出ると、無機質で薄暗い廊下は、来た時のまま静まっている。両手でケースを抱える青葉が言う。

「ママ、思い出した。あの女の人」

「え?」

「カズサちゃんの踊りの練習で見てん。えっとね、日本舞踊? お稽古の教室に遊びにいかせてもらったんやけど、そこにいはった人やわ。髪の毛を舞妓さんみたいにして、浴衣着てはったけど、あのお姉さんにそっくり」

「ええ……」と、恵は苦笑いした。癖で、またしょうもないと言ってしまうところだ。「舞妓さんは、看護師さんにはなられへんのと違う?」

「うーん、そうかな。めっちゃ似てたんけやけど、違う人かな」

青葉は首を傾げた。その向こうから、男性が歩いてくる。派手なシャツを着た少しガラの悪そうな男性だ。

あまりジロジロ見ないでおこうと顔を背《そむ》けた恵だが、男性の方が通り過ぎざま、露骨にこっちを見てくる。絡まれでもしたら大変だ。青葉を促《うなが》し逃げようとしたが、その前に声を掛けられた。

「あんたら、その空き部屋、借りるつもりなんか」

男性は怪訝《けげん》そうに眉をひそめている。態度は横柄《おうへい》だが、どこか心配しているようにも見える。恵は戸惑った。空き部屋というのは、今出てきたばかりの病院のことだろうか。

「い、いえ。ここは空き部屋じゃなくて、メンタルクリニックですけど」

「そこはもう何年も空いたままや。曰くつきやからな、借りてもすぐに出ていきよる」

「ママ、曰くつきって何？」

青葉は屈託なく聞いてくる。男性が少し意地悪そうに笑った。

「お嬢ちゃん。事故物件ってわかるか？　前にその部屋で怖いことがあってな、幽霊が出よるんや」

「えっ、幽霊？」

「そうや。声が聞こえたり、姿が見えたりするらしいわ。だからあんたらもその部屋借りるんやったら、あとからなんで教えてくれんかったんやって言わんといてや。忠告したで」

男性はそう言うと、隣の部屋へと入っていった。恵が首を伸ばしてドアを見ると『日本健康第一安全協会』とプレートが貼ってある。胡散臭《うさんくさ》さに、頬が引きつる。

「ママ、幽霊って……」

青葉が不安そうに言ったので、恵は笑った。

「冗談やろ。変なおっちゃんやな。さあ、帰ろうか。もうお兄ちゃんが帰ってきてるわ。猫にご飯もあげなあかんしね」

「うん」青葉の顔がパッと明るくなった。大事そうに抱えたケースに目を落とす。

「この子、ユキちゃんの子供やから、コユキちゃんて名前にしていい？」

恵は黙って頷いた。これから大変な日々が始まる。不安と恐れ。それでも娘と共に頑張っていこう。

「なあ、青葉。派閥とかカーストの話、もう一回お母さんに聞かして」

「えー」と青葉は顔をしかめた。「何回も言うたやん」

「言うたかもしれんけど、もう一回。今度はちゃんと聞くさかい」

「しゃあないなあ」青葉は生意気にため息をつく。そして、チラと探るような目をした。「じゃあママも、ママ友会の話してや」

「え？」

「だってママ、ママ友会に行く前はいっつも暗い顔してるもん。ほんまは行くの嫌なんやろ」

ズバリと心中を言い当てられ、恵は狼狽《ろうばい》した。

「な、何言うてんの。そんなことあらへんよ」

「まあ、しゃあないやんね。派閥もママ友会もお付き合いやし。なあ、コユキ。人間って大変やねんで」

青葉はケースの中のコユキにそう言うと、サッサと先へ行く。

啞然としてしまう。大事にケースを持つ後ろ姿はまだ小さな子供だが、女の子というのはいつの間にか成長しているようだ。

「ママ、早く！」

ビルの間の細い道の先で青葉が待っている。恵は少し呆れながら、娘と新しい家族に歩み寄った。


『日本健康第一安全協会』の社長兼、唯一の社員である椎名《しいな》彬《あきら》は、五階目指して階段を昇っている。足取りは軽く、息も上がらない。

曲がりなりにも、健康第一を謳《うた》う会社の社長だ。自社で扱う若返り磁気ネックレスの効果を検証するためにも、運動は欠かさない。

三十代後半にしては、肌艶はよく、体も引き締まっている。磁気ネックレスの売れ行きが好調なので、そろそろこんな古臭いビルから引っ越し、事業を拡大してもいい頃合いだ。『中京ビルジング』などと大層な名前の付いた商業ビルだが、少し奥まった場所にあるので日当たりは悪く、今どきエレベーターもない。

おまけに隣室は、曰くつきだ。椎名が入居した二年前にはもう跡形もなかったが、初めて五階フロアに入った時、ふと嫌な匂いが鼻をかすめた。隣室に借り手は定着しない。本当に出るのだろうと椎名は踏んでいる。

そして時々、人の出入りがある。物音や気配がするし、実際に何度かドア前で人を見た。不動産屋でもなさそうだし、社用の下見といった感じでもない。

「気色悪い部屋やで」と、椎名は階段を昇りながら呟《つぶや》いた。こないだの母娘などは、クリニックがどうのと言っていた。お節介とは思いつつ話しかけた時、小学生くらいの娘が手にしていたキャリーケースの中がチラリと見えた。白い小さな猫が入っていた。

あの部屋の件は不動産屋から聞いていたので、ゾッとした。まさかまた、同じようなことが起こっているのだろうか。

もしそうなら、隣になどいられない。特に動物好きではない椎名だが、悪徳業者の凶行には吐き気をもよおした。

五階まで昇り、廊下に出る。自分の事務所は突き当たりだ。その手前、曰くつきの部屋の前に、女が一人立っていた。

一瞬、ぞくりとした。細くて白い、柳のような女だ。後ろを通り過ぎる時に盗み見ると、前髪を結い上げ、後ろ髪はゆるくまとめている。素人《しろうと》の雰囲気ではない。

めちゃくちゃ、ええ女やな。

自室のドアを開ける時にも、視界の端で女をとらえていた。儚げなところが椎名の好みだ。女は暗い顔でドアの前に立ち、目を伏せている。

椎名は事務所に入った。ドアを閉める直前に、女の声が聞こえた。

「帰ってきて。帰ってきて、ちーちゃん」

それはか細い泣き混じりだった。ドアが閉まった後、ゾッとして肩が震える。

「こっわ……」

本当に隣は曰くつきだ。そのうちこっちにもやってきそうだと、本気で引っ越しを考えた。

第四話

「私、もうついていけません」

アシスタントの女性社員が、目に涙を浮かべて言った。

またか、と高峰朋香《たかみねともか》は眉根を寄せた。感情的になっている相手と喋るのは嫌いだ。時間の無駄だし、そもそも、なだめる気はない。

一階店舗には、朋香がデザインした女性用バッグが、広々としたスペースに展示されている。それらの製作はこの二階フロアの事務所兼アトリエで行っている。アシスタントには仕事量とプライドに見合うだけの給料を払っているのだから、不満は単なる我儘《わがまま》だ。

「私も、ついていけません」

もう一人、今度は事務の女性が言った。

二人とも二十代前半で、ある程度デザインを勉強し、わざわざこの店で働きたいと志願してきたのだ。それが、ちょっと厳しく当たっただけで音《ね》を上げる。うんざりだ。

それでも二人同時に反旗を翻《ひるがえ》されたのでは、明日からの仕事に支障が出る。量産品とは別に特注も受けていて、納期に追われているのだ。

朋香はため息をついた。論破して黙らせてやる。だがその前にもう一人、デザインの補佐を任せていたチーフアシスタントが言う。

「私も無理です」

「え？」予想外の三人目に、ギクリとした。「ちょっと落ち着いてよ。急にどうしたの」

「急じゃありません。朋香さんの完璧主義にはもう付き合えません。今日で辞めさせてもらいます」

「今日？　辞めるって、そんないきなり」

「チーフが辞めるなら、私も辞めます」

「だったら、私も辞めさせてもらいます」

最初に言い出したアシスタントと事務員も連動する。止める間もなく、三人は事務所から出て行った。

一人になり、朋香は茫然《ぼうぜん》とした。外はもう真っ暗だ。室内が煌々《こうこう》としているので、ガラス張りの壁には自分の全身が映っている。

「あーあ」と声がして、共同経営者の純子《じゅんこ》が部屋に入ってきた。「いきなり三人はきついわね。どうする？　折れて、戻ってきてもらおうか」

その提案に、朋香はムッと腹を立てた。

「折れるなんて嫌よ。あの子たちの仕事ぶりったら、いい加減で適当なんだもの」

「そうは言っても、朋香の完璧主義には誰もついてこないじゃない」

純子とは大学の頃に知り合い、互いにデザイナーを目指してきた。彼女のほうはデザインには挫折したが、経理や管理能力に優れている。二人で会社を立ち上げ、京都に店を構えたのが二十九歳の時。もうすぐ三年になる。

下京《しもぎょう》区のメイン通りの四条《しじょう》通から一本逸《そ》れると、急に店やビルの規模が小さくなる。朋香のバッグ専門店は堺町《さかいまち》通にある。近くには若者向けの店が多い新京極《しんきょうごく》、少し歩けば老舗の大丸京都《だいまるきょうと》店。散策ついでに立ち寄るオリジナルブランドとして、リピーターは増えてきているし、遠方からの客もいる。

それはこうして夜遅くまで良い商品を作るために努力しているからだ。主義の問題ではない。

「私は完璧を求めてないわ。ただ、ちゃんとしたいだけよ。それも常識的な範囲よ。素材や工程にこだわって何が悪いの。コストを抑えて、短期で資材調達するのがあの子たちの仕事でしょう。それぐらいのこと、誰だって……」

ムキになって言い返すと、胃のあたりが痛んだ。前屈みになる様子を見て、純子が言う。

「ほら、そのちゃんとってやつに、自分が苦しめられてるじゃないの。最近は気合が空回りしてるわよ。もう少し力抜きなよ」

「力抜くって……どうやんのよ。休むと、あっという間にこんな小さな店、潰れちやうわよ」

「休むんじゃなくて、誰かに相談してみれば？　体にも不調が出てそうだし、どうにかしたほうがいいよ。この前、特注で三色仕入れてくれた祇園《ぎおん》のお店のオーナーが言ってたわ。デザイン違いをほしがってるクラブのママがいて、そのママの御用《ごよう》達《たし》のネイリストのお客が面白い医者に出会ったって。気分転換に朋香も行ってみなさいよ」

「何よ、その知り合いの知り合い、みたいなの。医者ってメンタル系？」

「そう。確かうちの店の近くよ。話を聞いてもらうだけでも楽になるんじゃない？」

まるで神経質だと非難されているようで面白くない。だが実際に胃が痛いし、社員が三人も辞めてしまった。補充を探すのは純子だ。彼女の手間を考えると意見を無碍《むげ》にはできない。

「わかったわよ」朋香は投げやりに言った。「どこに行けばいいの？」

「そういうわけで、ここへ来たんです」

朋香は顔を上げた。俯《うつむ》いていたのは、心療内科医と話をする緊張からではない。憤《いきどお》りだ。

小さな診療室で、手を伸ばせば届くほどの距離に座る医者は、ユラユラ揺れている。そして何度もしゃっくりをしている。

「ヒック！　なるほど、ヒック！　そういう、ヒック！　わけですか」

医者の目は潤み、顔はにやけ、口元はだらしない。これが本当に評判のいいメンタルクリニックだろうか？　明らかに酔っぱらっているではないか。

「あの先生、お酒飲んでらっしゃいますよね？　酔っぱらってますよね？」

「いやいやいや」と、医者はヘラヘラ笑う。「お酒やなくて、お茶ですわ。またび茶。ちょっとしか飲んでへんのですけどねえ、結構きつい……。えっと、誰さんでしたっけ？」

「高峰です。私の話、聞いてましたか？」

「ええ、もちろん聞いてましたよ。高峰さん、よかったら、またたび茶召し上がりませんか」

「結構です。得体のしれない物は摂らないようにしてるので」

「そう言わずに。美味しいんですよ。飲めばほっこりしますから。千歳《ちとせ》さん、お茶持ってきてください」

医者がカーテンの向こうに呼びかけると、少しして看護師が入ってきた。机の上に湯呑《ゆのみ》を置く。だが中は空だ。朋香は頬《ほお》を歪《ゆが》ませた。欲しかったわけではないがど

「何がですか」
医者が首を傾《かし》げた。からかうように笑われて、ムッとする。
「妙なことを仰《おっしゃ》いますねえ」
は、わかってるんですが」
せずにいるにはどうすればいいんですか？　自分さえちゃんとしていればいいと
を聞いていない医者とか……。先生のことじゃありませんよ。そういう人達を気に
で、適当な人たちに対して、いちいち腹を立てたくないんです。たとえば患者の話
「だから、どうすれば他人の杜撰《ずさん》さに寛容になれるか知りたいんです。いい加減
低限の仕事だけはさせようと表情を引き締めた。
この医者、やはり聞いていない。朋香は苛々しながら、それでも来たからには最
「いやいや、失礼しました。高峰さんですね。ええと、なんでしたっけ」
ぽかんとしていると、少し正気を取り戻したのか医者が微笑《ほほえ》んだ。
なんだろう、この病院は。ふざけているのだろうか。
看護師は甲高い声で笑うと、また奥へと引っ込んでいった。
「あら、ごめんなさい。美味しそうやったんで飲んじゃいましたわ。きゃははは」
「あの……、お茶は？」
ういうことだろう。

「だって、全然ちゃんとしてませんよ。むしろあなたのほうが、ちゃんとしてませんからね。あははは」

朋香はあんぐりと口を開けた。

今までの人生、逆の評価は散々受けてきたが、ちゃんとしていないと言われたのは初めてだ。驚きで言葉を失くすが、医者は飄々《ひょうひょう》としている。

「ふーむ、そうですね。ここは荒療治で、キツめの猫を処方しましょうか。二週間猫をお出ししますんで、服用してください。千歳さん、猫持ってきて」

医者はまたカーテンの奥に声をかけた。だが、返事がない。

「千歳さん？」

「はいはい」と、さっきの看護師が入ってきた。受付ではえらく愛想のない女性だと思ったが、今はニコニコして、手に持ったキャリーケースを揺らしている。

「猫ですか。また猫ですか」

「千歳さん、またたび茶、どんだけ飲んだんですか」

「きゃはは。どんだけ？　さあね、猫なんてね、いっぱいいるんですよ。どこにでもいるんですよ。ほんまサッサと忘れてちょうだいってね。きゃははは」

看護師は高笑いするとケースを置いて出ていった。

「やれやれ。すいませんねえ。予約してる患者さんが一向に来る気配ないから、軽く一杯……と思ったら、またこうして新患さんが。ほんま人間いうのは、どうでもええことで悩むんですねえ」

「どうでもいい？」朋香は目を剝《む》いた。「先生、今どうでもいいって言いましたか？」

「いやいや、言うてませんよ。こらあかんわ、しばらくまたたび茶は禁止やな。ちょっと待っててくださいね。支給品は僕が用意しますんで」

そう言って、医者も出て行く。診察室に一人残された朋香は、わけがわからないまま机に置かれたケースの中を覗《のぞ》き見た。そして、息を飲んだ。本当に猫が入っている。

澄んだ水色の瞳はまるで宝石のようだ。繊細で細い毛は白く、耳と目の周りだけがこげ茶色。

なんと上品で、なんという可愛らしさ。猫は真っ直ぐにこっちを見ている。

「はああ……」

無意識に声が出た。あまりの可愛さに震えてしまう。猫はケースの扉に前肢を添えた。

肉球。

白く丸っこい手には小豆粒くらいのピンクの膨らみが四つと、真ん中に小さな富士山のような膨らみ。全身フワフワなのに、手の裏側だけみっちりと肉が詰まっている。

猫が青い目でじっと見つめながら、チョイチョイと手先を動かした。ここから出してくれ。そうせがんでいる。朋香はケースに手を伸ばした。危うく扉を開けそうになる前に、医者が戻ってきた。

「あれ？　どうかしはりましたか」

「い、いいえ。私は何も……。私はそんな、勝手に猫をさわったりしませんよ。ちゃんとしてるんですから。ところで、この猫をどうしろっていうんですか。もしかして猫が癒しになるとでも？」

「猫が癒し？　そんなアホな。猫はなんにもしてくれませんよ。ただそこにいて、自分の好きなことしてるだけです。でも猫は万病の元って言いますからね。あれ、ちゃうか。猫は百薬の長やったか」

医者は首をひねっている。万病の元と百薬の長では、意味がまるで違う。

「あかんあかん、僕もまだ酔ってんのかな。とにかく大抵のことは猫で治りますから。ええと、この中に支給品と説明書が入っていますんで、家に帰ってよく読んどいてください。この猫は最初にガッと効きますけど、びっくりして服用するのやめんようにしてくださいね。徐々に慣れていきますから。……高峰さん、聞いてはりますか?」

医者に問いかけられ、朋香はハッとした。猫の青い瞳に心が吸い込まれていた。

「き、聞いてますよ、もちろん。私は人の話はいつもちゃんと聞いてますから。それで、この猫は二週間、預かっていいんですね」

「ええ、どうぞ。ではお大事に」

医者はにっこりと微笑んだ。

渡された紙袋とキャリーケースを抱えて診察室を出ると、受付では看護師が口を開けて寝ている。なんという適当さ。デザイナーとして身なりも態度も気を付けている自分とは大違いだ。

紙袋の中を見ると、安っぽい容器と、知らないメーカーのドライフード。

説明書を読んでみる。

『名称・タンク。オス、二歳、アメリカンショートヘア。食事、朝と夜に適量。水、常時。排泄処理、適時。活発なため、室内でも充分な広さを確保して、危険な物は撤去《てっきょ》してください。最低でも一日、三十分は運動する時間を設けてください。無理な場合は、一匹で遊べる器具などを設置してください。以上』

朋香は眉を寄せた。ケースの猫はフワフワだ。猫についての知識は人並みしかないが、どう見てもアメリカンショートヘアではない。明らかに違う種類だ。

「なんていい加減なのかしら」

　怒りを覚え、寝ている看護師を睨みつける。この餌《えさ》、この説明書き、当てにならない。自分で調べてちゃんと世話をしなくては。

　ケースの扉を猫が引っ掻く。肉球がチラリと見える。

「ああ」と、ため息をついた。そして大急ぎで自宅に帰った。


　十日後。

　店舗の二階で、朋香と純子、そしてなんとか純子が呼び戻したチーフアシスタントの美月《みつき》は、新商品の打ち合わせをしていた。型や価格の違うデザイン画を何枚もテーブルに並べて意見を交わしている。

　朋香は自分がデザインした本革のショルダーバッグのイラストを手にしながら、呟いた。

「猫のプリントってどうかしら」

　その誰ともなしの呟きに、純子と美月は顔を見合わせた。純子が首を傾げる。

「猫？」

「そう、猫」

「悪くはないけど、今回のコンセプトからは外れるんじゃない？　働く女性の日常使いってテーマでしょう」

純子が怪訝《けげん》そうに言った。

確かにそうだと、朋香は並んだイラストを比べた。軽くて柔らかい革を使い、A4サイズの書類が入る大きさ。女性らしいフリンジかタッセルのチャームを付け、定番色とは別に数量限定でスモーキーピンク。ビジネスとプライベート、両方で使えるバッグ。

そこに可愛い猫の絵柄が入ると、一気にラフさが増して方向性が崩れる。言われるまでもなく理解していた。

「そうよ。予定外の商談にも持っていけるような、フォーマルさも兼ね備えた大きめのバッグよ。ビジネスシーンでも女性は荷物が多いからね。プラス、女性ならではのオシャレしたい気持ちも満たされなきゃ」

「うん。いいわね。じゃあ、そのデザイン画の中から……」

「そこに、猫のプリントってどうかしら」

朋香が真剣な口調で言うと、純子は首をひねらせた。

「いや、あんた、同じこと言ってるわよ。何よ、どうしても猫を入れたいの？」

すると美月も遠慮がちに言う。

「でも朋香さん、プリントや型押しが入ると仕事には使いづらくないですか？　しかも猫ってなると、可愛らしすぎる気が」

猫は可愛らしすぎる。もっともだ。朋香は苦々しく唇を噛んだ。

「確かに可愛すぎるわね。あまりにも可愛すぎる……。でも、モノトーンにすればば」

「無理だって」

「無理でしょう」

純子と美月に同時に言われ、朋香はむっと顔をしかめた。

「何よ、二人して突っ込まなくてもいいじゃない。わかったわよ。今回は本来どおり、働く女性の日常使いでいきましょう」

そう、言われなくてもわかっているのだ。少なくとも今度の新作に猫を入れ込むことはできない。だがともすれば、すぐに心がそっちのほうに飛んでしまい、ペンタブが猫耳や肉球を描いてしまう。

それに意識して見れば、あちこち猫だらけだ。テレビCM、ネット、猫をモチーフにしたグッズ。こんなにも世の中に猫が溢《あふ》れているなんて、今まで知らなかった。意識のしすぎで、昨日は事務所の植え込みに引っかかっていた白いビニール袋を白猫と勘違いしてしまった。

ここ最近の変化に純子は気付いているようだ。昨日も笑顔でビニール袋に近付くところを見られてしまった。美月が接客のために下に降りると、心配そうに聞いてくる。

「ねえ、朋香。こないだ私が勧めた病院、行ってみた?」

「行ったわよ。すっごく変な病院だったわよ。医者と看護師、どっちも酔っぱらってるんだもの。おまけに安定剤代わりのつもりか、猫を処方されて」

「酔っぱらってる? 猫を処方?」

「今思うと、あれが手だったのかもしれないわ。人の思考を乱すっていうか、生活を乱すっていうか。でも、私は大丈夫。何も影響されてないから」

だがこの十日間、朋香は店を閉めると必要な仕事だけ終わらせて真っ直ぐ家に帰っている。そして今日も後片付けを早々に終え、自宅マンションへと飛んで帰った。

ドアを開けると、ハイヒールを脱ぎ捨てて部屋に駆け込む。

「たーたん、ただいま!」

ミャアと小さい声で、猫が鳴く。白い長毛の美しいタンクが、優雅な足取りで近寄ってくる。こげ茶色の尻尾はまるでファーの襟巻だ。その姿を見た途端、顔がふやけた。今日も一日中、タンクのことを考えていた。寝転がったタンク。餌を食べるタンク。おもちゃを手で引っ掻こうと背伸びをするタンク。

「たーたん、ママのとこおいで」と両手を広げる。だが、鋭い制止が入った。

「朋ちゃん。先に手え洗わないとあかんよ」

エプロン姿の大悟《だいご》がキッチンから顔を覗かせた。料理のいい匂いがしている。

朋香は急に我に返った。

「大悟、今日もいたんだっけ」

「まあな。こら、あかんって。タンクをさわる前に手を洗ってきいや」

「ふん」と、むくれながら、洗面所で手洗いを済ませる。いつもは言われるまでもなく、ちゃんとしているのだ。今日はタンクが可愛すぎるせいで、たまたま忘れていただけだ。

「たーたん、ほら、おいで。ママのとこおいで」

着替えもせずにカーペットに転がる。タンクはまるでリズムでも取るようなテンポで、軽やかに寄ってきた。低い目線から見るタンクは更に可愛い。わざと動かないでいると、タンクは足元から頭まで、ゆっくりと匂いを嗅いで、体をこすりつけて毛だらけにしていく。

「たーたん……、お手て見せて」

朋香はタンクの白い手を持った。表はふっくらした握り拳のようだ。ひっくり返すとピンク色の肉球。それをそっと指でなでる。

なんて不思議な感触。柔らかく、弾力の強いシリコン。いや、お菓子のグミのようだ。さわっていると気持ちいい。

朋香は目を閉じて、恍惚《こうこつ》としていた。

「朋ちゃん、ご飯できたで」

「うん……」呼ばれても、やめられない。なぜならタンクの肉球が気持ちよすぎるから。タンクは表情を変えずに急に手を引っ込めた。お尻を向けて優雅に離れていく。

「待って、たーたん。お手ての匂い嗅がせて」

「アホなこと言うてんと、はよメシ食おうや」

大悟は呆れている。タンクは段ボール箱とTシャツで作ったベッドにうずくまっている。朋香は渋々テーブルに着いた。大悟は先に食べ始めている。

「あんまり可愛がりすぎんほうがええんとちゃうか。あと何日かで、タンクは返しに行かなあかんのやろ」

「そんなのわかってるわよ。ちゃんと考えてるんだから」

考えたくないことを言われムッとする。そっちの方がよほど考えなしのくせにと不服顔になる。

大悟とは、付き合ってもう五年。朋香がまだ駆け出しの雇われデザイナーだった頃、彼が板前をしていた小料理屋で言葉を交わしたのがきっかけだ。二人とも自分の店を持つのが夢で、朋香のほうは数年後にそれを叶えた。彼は店を転々としていて、今は居酒屋チェーン店の調理師をしている。いつも夕方に家を出て深夜に帰ってくるので、ずっと昼夜逆転の生活だ。

すれ違いを避けるため、二人は一緒に暮らしている。大悟はマメで、家事も料理も得意。一緒にいると楽だから、このままで充分——というのは周りへの建て前だ。

「あのさ、大悟」

「何?」

「こないだの話、どうかな。その、うちの親に会いに行くっていうやつ。親からいつ来るんだって催促《さいそく》されててね。もちろん、ただ会うだけで深い意味はないわよ。軽い気持ちで来てくれれば」

「ええよ」大悟は食事しながら軽く言った。朋香は目を剝いた。

「ほんと! いつ? いつ行ける?」

「いつでもええよ。俺、仕事辞めたから暇やねん」

「そう、暇なの。そう……、暇なんだ。そっか……」

また、辞めたんだ。

出汁の効いたみそ汁を啜《すす》った。大根が軟らかく、よく味が浸みている。料理人だけあって大悟の作る料理はいつも美味しい。だがもう三十代後半だというのに彼は計画性がなく、楽観的だ。知り合ってからの転職回数は片手を軽く超えている。今の居酒屋も勤めて浅いのに、辞めてしまったとは。

ジワリジワリと、彼の無職が心に浸みてくる。付き合い始めた頃はまだ二十代だったし、朋香も自分の夢に没頭していて、彼の呑気さを楽観していた。

だが気が付けば朋香はもう三十二歳だ。

本音では、将来のことを真剣に考えてほしい。そろそろ定職に就いてくれなければ、いつまで経っても結婚できない。

「ごめん」と、大悟は椀の縁から上目遣いをした。「すぐに仕事探すわ。無職のままでよかったら、朋ちゃんの親に挨拶に行くけど」

「あ、いや……。仕事探すのに忙しいでしょう。落ち着いてからでいいよ」

「ごめんな」

「いいってば」

朋香は笑った。申し訳なさそうな彼を見ていると、怒る気も失せてくる。そうだ。自分さえちゃんとしていればいい。もっとしっかりしよう。きちんとしよう。そう思って、沈みかけた気持ちを持ち直す。

「じゃあしばらく大悟は家にいられるってことよね。いいなあ、たーたんと遊べて」

「でもこいつ、昼間はほとんど寝てるで。ラグドールって大人しい種類やな。ほんまにぬいぐるみみたいや」

大悟が振り向く。その視線の先にいるタンクは段ボールベッドに丸くなり、向こうも食卓のほうを見ている。タンクが座っていると、段ボールの箱もまるで高級ブランドのソファだ。

医者に渡された説明書はひどかった。いい加減なんてものじゃない。

タンクの見た目は明らかにアメリカンショートヘアではない。フワフワの長い被毛と、青い目。似た種類は他にもいるが、白にこげ茶が混じったタンクは、色んな画像と比較して純血のラグドールらしい。しかもどの画像や映像よりも美しい。

性格は穏やかで、走り回ることも高いところに飛び乗ることもしない。おもちゃをチョイチョイと手で引っ掻く程度だ。

「タンクはほんまおとなしいなあ。あの変な説明書きには、だいぶやんちゃみたいなこと書いてあったのに」

「ほんとね。たーたんみたいに上品で、賢くて、綺麗な猫なら、このまま飼い続けてもいいくらいよね」

朋香はうっとりとタンクを眺めた。

耳の縁が濃い茶色で、あとは流れるようなこげ茶色のグラデーション。鼻筋は真っ白で、青い目の周りがまたほんのりと茶色。ヒゲが生えたぷっくりした口元は白く、まるでマシュマロでもくっつけているようだ。

そう、ホットココアにマシュマロを乗せたような猫。

甘くて甘くて、見ているだけで、こっちがとろけてくる。

「ああ……」

「朋ちゃん、また変な声出してるで」

大悟は笑っている。今は無職だけど彼はヒモというわけじゃない。こっちが働いていれば生活は充分に成り立つ。何も問題はない。それに猫がいたって家は綺麗だし、身なりもきちんとしている。完璧だ。

それなのに、あの医者はなんと言った？　全然ちゃんとしていないって？

私はちゃんとしている。今までもそうだし、これからもそうだ。

翌日、予約の客が店に来た。だがそれは約束の時間よりも三十分も早くて、用意ができていなかった朋香と純子は慌てた。

客は祇園で洋服やバッグのセレクトショップを経営する五十代の女性だ。朋香のバッグを気に入り、前にも大口の注文をしてくれている。待たせるわけにはいかず、二階の事務所に通す。テーブルの上はデッサンや生地見本で散らかっていて、純子が慌てて片付けている。

「ああ、そのままでかまへんよ。えらい忙しそうやねえ。商売繁盛でよろしいことやわ」

はんなりした京言葉だが、素直に受け取っては痛い目に遭《あ》う。古い京都人は、ニコニコ笑って嫌味を言う。準備ができていないのは扱いが粗雑だという意味だ。

「すみません、梢《こずえ》さん。ついさっきまで梢さんに似合いそうなデザインを描いていたら、時間を忘れちゃって」

「あら、そうなん？」と、梢はテーブルの上に出しっぱなしのデザイン画を一枚手にした。「いや、この絵、可愛らしいやないの。意外やね。高峰さん、こういうのも作らはるんやね」

それは朋香がぼんやりしながら描いたタンクの絵だ。甘すぎない描写でシンプルに特徴をとらえている。タンクを預かってからというもの、自然と手が猫を描いてしまい、何気ないスケッチは猫だらけだ。

「あ、それは」

「いや、これほんまに可愛いわ。前にお願いしたバッグのサイズ違いも何個か頼みたいんやけど、それに、この猫ちゃんの絵をうまいこと使ってくれへんかしら？　あんまり子供っぽくなくて、安っぽくもならへんように考えてくれはらへん？」

「それでしたら、本革に箔《はく》押ししたチャームか、取り外しのできるポーチはどうですか？　金具は鈍色《にびいろ》で、少しヴィンテージ感を出して」

「あら、ええやないの。祇園のママさんたちは猫好きな人多いし、喜ばはるわ。そうや。私の知り合いにも猫好きな人がいるねんけど、朋香さんのバッグを素敵や言うてはったわ。今度、その子も連れてきてええかしら？」

「ええ、もちろん」

いいタイミングで純子がサンプルのバッグを持ってきてくれた。梢は上機嫌でサンプルをチェックすると、追加の注文をして帰っていった。

「やばかったわね」純子は笑っている。

「ほんと。タンクのお陰よ。でもいくらお得意様だからって、時間は守ってほしいわよね。急に来て、そのままでかまへんよなんて、こっちの都合お構いなし……」

「あの」と、美月がおずおずと言う。「梢さんのお電話、私が受けていました。時間を早めて欲しいって」

「やだ、美月ちゃん。忘れてたの？」

「すみませんでした。事務の子が辞めちゃってから色々と仕事が増えてるんです。

他のことしながら電話対応してたら、つい」

つい、とはなんだ。

しっかりしてよねと怒りかけると、純子が止めに入った。

「でもお陰で朋香の推しが商品化できそうじゃない。ねえ、その猫のイラスト、もっとパターン作ったら？　なんならうちのキャラクターにするとか」

「あ、それいいですね。猫、流行ってますもんね」

美月はもう平然としている。彼女には元々軽いところがある。他の子が愚痴《ぐち》ればそれに乗っかり、あっさり戻ってきてくれたが言い訳も多い。これぐらい適当なら生きやすいだろうが、到底真似できない。

「パターンか」

朋香は呟き、自分が描いた落書きを見た。タンクの絵は色付けされていない素《そ》描《びょう》で、顔のアップばかりだ。本格的に使うなら、こんなお遊びでは駄目だ。実際に加工するにはデジタルデータに落とし込む必要がある。

タンクは家に来た初日からおとなしく、動きもゆっくりで、自分から撫《な》でてくれと膝の上に乗ってくる猫だ。抱っこされても嫌がらず、まるでファーのクッションのようにずっとさわっていられる。あの手触りを思うだけで、表情が緩んでくる。

美月が店舗に降りると、純子は笑いながら言った。

「朋香。相当ね」

「え？　何が」

「猫。表情がね、緩みっぱなしよ。あの六角蛸薬師《ろっかくたこやくし》のクリニックから預かったって言ってたじゃない。相当可愛いがってるみたいね」

言い当てられて、頬が紅潮する。自分ではニヤついている自覚はなかったが、猫ボケが表に出ていたらしい。

「まあね。飼ってみると、そこそこ可愛らしいかな」

そこそこなんてものじゃない。もし家でデレデレしている姿を純子が見たら驚くだろう。

「写真とかないの？」

「あるわよ」

当然だ。自分のスマホを純子に見せる。初めは笑っていた純子だが、画面タップで延々《えんえん》と現れるタンクの写真に、少し引いたようだ。

「すっごい量ね。しかも全部同じに見えるんだけど」

「何言ってんの。どれも違うから創作意欲が刺激されるんじゃない。これなんて見てよ。吸い込まれそうな青い目」

「はいはい。でも意外ね。朋香は綺麗好きだから、動物の世話は苦手だと思ってたわ」

「タンクはすごく大人しい猫なの。それにお世話は」

大悟が、と言いかけて、朋香は言葉を飲み込んだ。

朋香はもっぱらタンクと遊ぶ係で、諸々の世話は大悟がしている。何しろ彼は今、無職だ。

転職癖のある大悟と長く付き合っていることは純子も知っている。二人の仲が停滞していて、そのことで朋香がモヤモヤしていることも。だが気を遣われたくないので、彼が仕事を辞めたことは黙っていた。

適当にはぐらかして別の話に持っていく。自分さえちゃんとしていれば、大悟の収入に不安があっても平気だ。そのためには、ヒットする商品を考案しなければ。

「そう、これよ。これなのよ」

早速、自分が描いたスケッチを見る。

ラグドールは上品な猫だ。大人の女性向けのキャラクターとして使える。ブルーグレーの瞳で見上げられると、うっとりとため息がでる。

そしてあの手。丸い手の裏側の肉球。初めて猫の肉球にさわった時は驚いた。プルプルなのに強く押し返してくる。弾力性の強いウレタンのような感触だ。

あの感触も何かに使えないだろうか。すぐには思い付かない。タンクはあと二日で返さなくてはいけないが、まだダメだ。まだ手放せない。

「もっと色んなパターンを創作できるように、モデルの延長を頼んでくるわ。出かけるから、あとはお願いね」

そう言うと、朋香は店を出た。


ドアを開けると、受付に座る看護師が目を上げた。

「高峰さん、まだ猫は残ってるはずですけど」

取り澄ました顔で言われてムッとする。改めて見ると看護師は自分より少し若そうだ。随分と落ち着いているが、前回の醜態《しゅうたい》を忘れたのだろうか。意地悪な気持ちがもたげる。

「今日はまたたび茶、飲んでないんですか。またたびで酔っ払うなんて、まるで猫みたいですね」

だが看護師は無表情だ。少しだけ目を上げる。

「今の、笑うとこですか？　あとで笑っときますんで、診察室へどうぞ」

なんだ、この看護師。朋香は顔をしかめたまま診察室へ入った。今日は医者も素面《しらふ》のようだ。だがこちらは看護師と違ってニコニコ愛想がいい。

「あれ、高峰さん、えらい怖い顔して。あんまり猫が効いてへんみたいですね。もう結構経つのに」

医者はグッと首を伸ばして、朋香の顔を覗き込む。ギョッとして後ろに引いても、更に顔を寄せてくる。

「というか、思ってた効果と違うなあ。おかしいなあ。猫が合わへんかったのかな」

わけのわからないことを言いながら、何度も首をひねっている。この適当な感じに付き合うつもりはない。

「あの、先生。お預かりしてるたーたん……、ラグドールですけど、もうしばらくお借りできませんか。実はあの猫をモチーフにグッズのデザインを頼まれているので、もう少しそばに置いて観察したいんです。私、頼まれた仕事はきっちりとしたいほうなので」

「ラグドール？」と医者は目を瞬くと、パソコンのキーボードを打ち出した。「あれ、しまった。猫間違いしてるわ。すいません、高峰さん。前に処方した猫、違ってますわ。服用してはるラグドールは、タンジェリンいう名前のメスです。猫カフェで働いてるプロなんで、大人しいでしょう。そら効き目が薄いはずや」

医者はブツブツ言っている。

朋香は天井を仰いだ。本当に奇妙な病院だ。化《ば》かされているような気がしてくる。

「あの私、心療内科って初めてなんですが、こういうものなんですか？」

「よう勘違いされるんですけど、ここは心療内科やないですよ。メンタルなんちゃらでもないです。うーん、別の猫を二週間近くも服用してしもたなあ」

医者はパソコン画面に向かい、困ったように腕を組んでいる。朋香は訝《いぶか》った。

「心療内科じゃない？　でも、心の病院って」

「心先生の病院によく連れて行ってもらったんです。僕も千歳さんもあそこしか知らんかったから、適当に名前を借りただけです。ええ病院やったんでね。命も助けてもらった。そやなあ、追加で猫を処方しましょうか。タンジェリンと合わせてあと二週間。どうですか？」

心療内科医ではない謎の医者に、どうですかと言われても戸惑う。だったらここはなんの病院だ。

「追加って、もう一匹ってことですか？」

「飲み合わせならご心配なく」

「そんな心配はしてませんよ。ただ、猫を二匹も預かるのは」

「無理ですか？　猫二匹は、きついですか？」

「いえ、そういうわけじゃなくて」

「無理ですよねえ。そうですよねえ。二匹もいると益々《ますます》ちゃんとできませんもんね。無理無理無理、猫はもうやめときましょか」

半笑いの医者に、カチンときた。ラグドールのタンジェリンはまったく手がかからないのだから、もう一匹増えたとしても自分なら対応できるはずだ。それに別の猫を観察できたら、もっと創作の幅が広がるかもしれない。

「大丈夫です。二週間くらい面倒みられます。タンジェリンともう一匹、お預かりします」

朋香が強く言うと、医者はにっこりと頷いた。

「そうですか。じゃあ今度こそタンクを処方しますんで、一緒に服用してください。ああ、そうや。今更ですけど、処方済みの猫の説明書もお渡ししときましょか」

本当に今更だ。腹を立てながら、渡された説明書を読む。

『名称・タンジェリン。メス、四歳、ラグドール。食事、朝と夜に適量。水、常時。排泄処理、適時。基本的には放置して問題ありません。見た目が美しく、温厚で人と触れ合うのが好きなため、依存度が高くなりやすいです。一定の距離を保つようにしてください。幻覚や妄想など、影響が強いと判断した場合、医師にご相談ください。以上』

朋香は頬を引きつらせた。まさに家にいる猫のことだ。幻覚や妄想について思い当たる節がありすぎる。もしかしてもう一匹預かるのは、荷が重いのだろうか。

「あれ、どうしはりました。高峰さん」

朋香の不安に勘づいたのか、医者は食い入るように覗き込んできた。

「やっぱり無理ですか？　ちゃんとできませんか？」

「そ、そんなことありませんよ。私なら大丈夫です」

「そらよかった。あははは。ああ、そうや。猫を併用する場合は、どっちも最後まで飲み切ってくださいね。途中でやめると耐性がついて、効きにくくなりますから。千歳さん、猫持ってきて」

そういうことは先に。

文句を言う前に、また猫入りのケースがやってきた。

ネットで調べてみた。これは、夜の運動会というらしい。

すさまじい勢いで走り回る猫に、朋香はへたり込んでいた。どうしたらこの猫は止まってくれるのか。早すぎて捕まえることはできない。そもそも、猫は捉えられるものではないのだ。

体はまるでわらび餅。いや、とろけるチーズか。

アメリカンショートヘアのタンクがソファから壁に飛んだ。そして壁を蹴って、テーブルに飛び乗る。

三角跳び。アクション映画でしか見たことのないアクロバティックな飛び技だ。だが勢いでテーブルクロスがすべり、タンクはクロスをまといながら床に落ちた。絡まって大暴れをしている。

ラグドールのタンジェリンも興奮して、あちこち爪で引っ掻いている。二匹は追いかけっこをしながら、外に出ている物すべてを手でバシバシと弾いていく。可愛いクリームパンのような手は、今や凶器だ。

タンクがまたテーブルの上に飛び乗り、そこからさらに食器棚の上に飛び乗った。呆けていた朋香だが、ハッとした。

「大悟、捕まえて。あんな高いところから落ちたら怪我しちゃうわ」

「うん、そやな」

棒立ちしていた大悟だが、慌てて棚の上に手を伸ばした。天井とのわずかな隙間で平たくなるタンクになんとか届きそうだ。だが触れようとした時、タンクが体をしならせ、高く跳んだ。

まるでスプリングのおもちゃだ。二人は息を飲んだ。タンクは軽やかに床に降り立った。ほとんど音もせず、真綿がふんわり落ちたようだ。

肉球だ。あれがすべての衝撃を吸収しているのだ。四肢の裏にあるピンク色の肉厚ジェル。

「朋ちゃん、あかんわ。もう諦めて寝よう」

大悟は深い息をついて、ウトウトしている。

朋香は大悟を睨みつけた。彼はタンクの後を追い回すだけで尻尾にすらさわれない。捕まえようと奮闘したのは朋香だけで、結果、両手は傷だらけだ。

薄い灰色の被毛に黒の縞《しま》模様、ピンと立った耳に、楕円《だえん》の顔。アメリカンショートヘアのタンクは、最初にもらった説明書きの猫だ。正統派の可愛さに、意思の強そうな小さな口元。体は大きくて活発そうだ。

タンクの目の色は黄色がかった薄い茶色で、タンジェリンの水色とは違った美しさがある。猫の目というのは本当に不思議で、横から見ると球体の半分が透明だ。ビー玉を透かしているようだ。

タンクを病院から連れ帰ったあと、部屋に放すと、隅っこに隠れてしまい出てこなくなった。餌も水も与えてみたが、伏せてじっと見るだけ。初日で懐いたタンジェリンと違い警戒心が強そうだ。夜になっても出てこないので、仕方なく居間に二匹を残して灯りを消した。

そして深夜、運動会が始まった。

すでに、タンクがぶら下がったせいでカーテンが半分外れ、食器棚にも引っかき傷がある。

猫がこんなに激しく動くなんて知らなかった。おとなしかったタンジェリンまで転げ回っている。クッションや置時計、オシャレなカトラリーケースを出しっぱなしにしておいたことが悔やまれる。

「ほっとこう。そのうち疲れて寝よるって」

「でもその前に家が破壊される……」

「俺、明日掃除しとくよ。居間も片づけて、昼間にアメショを運動させとくわ。こいつもきっと知らん家に来てストレスあるんやろ」

「くーたん」

「え？」

「アメショのほうは、くーたん。ラグドールがたーたんよ」

「……くーたんと遊んどくわ」

そうだ、大悟は昼も夜もうちにいるんだ。明日のために寝ておかなくてはならないのは自分だけだと気が付く。幸い、タンクとタンジェリンは満足したのか、静かになった。

朝起きると居間はまるで竜巻《たつまき》が通ったあとだった。大悟が片付けると言ってくれたので、目をつぶって店に向かった。寝不足でも普段と変わりないつもりだったのに、会うなり美月に言われる。

「朋香さん、背中にファーがいっぱい付いてるんですけど、それってそういうデザインですか？」

「ファー？」

首を逸らせて背中を見ると、確かに猫の毛だらけだ。ちゃんと鏡でチェックしたのに、出がけに椅子に座ったせいだ。

「やだ、もう」

朋香はげんなりした。装飾を提供する者として身なりには気を付けているのに、このザマだ。これがあと二週間も続くのだ。

「猫を預かってるから、その子たちの毛が付いちゃったのよ。家中、めちゃくちゃにされちゃって」

「へえ、意外ですね。朋香さんなら猫もビシッと管理できそうなのに。あ、そうだ。昨日、朋香さんが帰ったあとに梢さんから電話がありました。お願いしていた猫好きのお友達の件、今日の午後にしてほしいって」

「ええ？　そんな急に言われても」

「昨日、スマホに連絡入れましたけど、見てないんですか？」

美月は少し恨めしそうに上目遣いで見る。朋香はグッと息を飲んだ。

「……梢さんはせっかちなんだから。いいわ。特に用もないし、平日でお店も混まないでしょう」

美月に連絡を任せて、事務所で新作デザインを考案していると、あっという間に時間は経った。梢に紹介された客が来たのは昼過ぎだ。

人目を引くのは着物姿だからではない。前髪を結い上げ、後ろ髪はゆるくまとめているが、なまめかしさで花街の女性だとわかる。

「こま野屋の、あび野《の》いいます。急にすんまへん、梢ママさんが持ったはるお鞄が素敵やさかい、わがまま言うて高峰さんを紹介してもらいました」

「気に入ってもらえて嬉しいです。こま野屋さんというのは、祇園の置屋さんですか？　あび野さんは芸妓さん……」

艶やかな雰囲気に圧倒されていた朋香だが、ふと気付いた。あび野の顔に見覚えがある。たおやかな顔、色気のある動き、格好がまるで違うのですぐにはわからなかったが、あの奇妙な病院の看護師だ。

「あの、あび野さんって中京で病院の看護師をされてますよね？」

「看護師？　まさか。うちは祇園の芸妓どす。お座敷がない日は着物やのうて普通のお洋服着てますけど、看護師さんの格好はしまへんなあ」

あび野は上品に笑っているが、見れば見るほどあの看護師に似ている。いや、同一人物としか思えない。

副業？　芸妓と看護師を掛け持ち？

だがそのゆったりとした笑顔からは何も見抜けない。看護師は確か千歳といったか。芸妓も看護師もハードな仕事だ。掛け持ちは難しいだろう。

「ごめんなさい、かかりつけの病院に千歳さんっていう看護師さんがいるんですけど、あび野さんに本当によく似ていて」

朋香は笑ったが、あび野の顔を見て驚いた。さっきとはまるで違い、真顔で硬直している。

「千歳って言わはりました？　千歳を見たんですか？　どこで見はったんですか」

あび野が詰め寄ってくる。朋香は後ずさった。

「どこって、六角通辺りの路地にある病院です。中京こころのびょういんっていう変な病院の看護師が」

「心先生の病院？　須田動物病院に千歳がいるんですか？」

「動物病院？」

話が全然嚙み合わない。あび野の目には、縋《すが》るような痛々しさがあった。

「あれ？」

朋香は十字路の真ん中で立ち止まった。東西を見て、南北を見る。いつの間にか通り過ぎてしまった。

蛸薬師通の角では、あび野が真剣な面持ちでこっちを見ている。泣くのを我慢している子供のようだ。

「ちょっと待っててくださいね、あび野さん。確かにこの辺りなんです」

そう言うと、あび野を待たせたまま通りを一周してきた。さっきから一軒ずつ通り沿いの建物を確認するが、『中京こころのびょういん』が入居するビルへの道が見つからない。

「おかしいわね。薄暗い路地があって、その突き当りにビルがあるんです。そこの五階なんです。私、二度も行ったんですよ。通りが間違ってる……なんてことはないはずなのに」

「探してはるんは、須田動物病院とちゃうんですか？」

あび野は疑うように眉を寄せた。どうもお互いの認識が違っていて、話が嚙み合わない。

「だから動物病院じゃないんですって。メンタル……ではないらしいんですが、心の病院なんです。不思議な病院なんです」

もどかしいが、うまく説明できない。あび野が連れて行ってほしいと必死だったのでこうして来たのだが、なぜか病院は見つからない。

あび野は俯《うつむ》き、考え込んでいるようだ。もしかして、あの病院は夢？　いいや、タンジェリンとタンクに家をめちゃくちゃにされたではないか。猫たちは実在している。

「あの」と、あび野が訝しげに言う。「病院が入ってるのって、もしかして『中京ビルジング』と違います？　細くて奥行きのある、五階までの古いビルです」

「ビル名はわからないですけど、そんな感じです。あび野さん、知ってるんですか」

「ちーちゃんが……千歳がいた場所です。千歳はそこで生まれたんです」

あび野は暗い顔で言った。今度は彼女に先導され、もう一度通りを回る。麩屋《ふや》町《ちょう》通の真ん中あたりにあるビルを見上げて、朋香は唖然《あぜん》とした。

「どうして？　路地があって、もっと奥まった場所のはずよ」

「これが『中京ビルジング』です。ずっと前からここにあります。もし高峰さんの話がほんまやったら、このビルの五階に千歳はいるはず」

そう言ってあび野は中に入っていく。不思議を通り越して、怖い。だがタンジェリンとタンクはあの病院から預かっているのだ。何が起きているのか確かめなくては。

記憶の通り、廊下は細く薄暗い。胡散臭そうなテナントを横目に奥の階段を昇り、五階フロアへ着いた。

奥から二つ目の部屋だと言う前に、あび野が先にドアの前に立った。彼女はここを知っている。それなのに、ドアノブに手を掛けたまま動かない。つらそうに唇を噛んでいる。朋香は無言であび野に代わった。

だが、ガチャンと無機質な金属音に阻まれた。施錠されているのだ。

「そこは空き室やで」

突然声がして、ギョッとした。見ると、廊下の先から派手なシャツを着たガラの悪そうな男性が歩いてくる。

「部屋を見たいんやったら、管理会社に連絡したらええわ。でもお薦《すす》めはせんけどな。そこは曰《いわ》く付き物件や」

「曰く付き？」朋香は眉を寄せた。この男性も胡散臭《うさんくさ》いが、それ以上に奇妙な状況に戸惑う。

「ああ。そうやって空き室やのに、時々中から音がしよる。人の話し声とか、猫の鳴き声がな。多分まだ漂ってるんとちゃうか。とにかく忠告はしたで。あとで文句言わんといてや」

そして通り過ぎざまに、ジロジロと見てくる。特にあび野を凝視してから、隣に入っていった。

「空き室……」朋香は呟いた。そんなはずはない。あび野が階段へ戻っていったので、慌ててあとを追う。ビルから出て建物を見上げるが、そこはやはり通りに面している。

「何がどうなってるのか、さっぱりわからない。ここはいったい何なんですか？千歳さんって誰なんですか」

「私は千歳が帰ってきてくれれば、なんだってええんです」

困惑している朋香と違い、あび野は心ここにあらずといった感じだ。ぼうっとしていて、儚《はかな》い。

「あび野さん……、大丈夫ですか？」

「ええ」と、あび野は薄く笑っているが、その目には涙が浮いている。「高峰さん、ここまで付き合ってもろて、ありがとうございます。お鮑はあとで注文さしてもらいますさかい」

「そんなのはいいんです。ただ、あび野さんが心配で……」

「私はほんまにあかんたれで。人前でもお座敷でも、すぐに涙が滲《にじ》んでしまう。本当に、もっとしっかりせんと。ああ、そうや。このビルの裏側にあるんが本物の心先生の病院です。須田心先生の動物病院です」

結局、何もわからないままあび野とはそこで別れた。事務所に戻って仕事をするが、気もそぞろだ。

「ねえ、朋香。季節商品のホームページレイアウト、見てくれてるわよね」

純子に言われ、ハッとした。

「ごめん、まだだわ」

「業者から来週の反映に間に合わないって催促きてるわよ。力抜くのはいいけど、そこそこにね」

純子に笑われ、朋香は秘かに手を握り締めた。

力なんか抜いてない。私はちゃんとしている。しっかりしている。ぼんやりしているのは昨夜、大暴れした猫たちのせいだ。集中できないのは、あび野の悲しげな顔がチラつくからだ。

ここ数日は早くに帰っていたが、今日は浮ついている自分を諫《いさ》めるために夜中まで働いた。くたくたになって自宅マンションに帰ると部屋は暗かった。

「ただいま。あれ、大悟?」

しんと静まっている。灯りを点けて、朋香は固まった。部屋は朝のまま、ぐちゃぐちゃだ。唖然としていると玄関が開いた。大悟だ。

「あー、ごめん、朋ちゃん。急に友達に誘われて飲みに行っててん」

大悟は赤い顔でふら付きながら、ドカドカ足を踏み鳴らして居間に入った。

「あはは、めっちゃ汚いな。おーい、猫、どこや。くーたんに、たーたん。どこ行ってん。パパが帰ってきたで」

笑いながら猫を探す。その姿を見て、理解した。

しっかりするのは、自分じゃない。

ちゃんとしてほしいのは、周りじゃない。一番きちんとしてほしい相手、それはこいつだ。

いい歳してすぐに仕事を辞める。いつになったら結婚してくれるのかはっきりしない。そもそも結婚する気があるのか。たとえその気がなかったとしても、ちゃんと私を好きなのか。

「いい加減にしなさいよ！」

朋香は怒鳴った。今までため込んでいたものが一気に噴き出す。

「いい歳してすぐ仕事辞めて、親にも挨拶に行かないし、結婚もしてくれない！将来のこと、何も考えてない！　ちゃんとしてよ！　もっとしっかりしなさいよ！

私はもうやめる。しっかりもちゃんとも、もうやめる！」

言いたかったことを大声でぶちまけると、肩で息をする。

そうだ。本当は大悟が仕事を辞めるたび、結婚が遠のくたびに言いたかったんだ。

ようやく自分の本音にたどり着いた。純子や美月に偉そうなことを言うけど、自分にだって駄目なところはいっぱいある。でもしっかりしていると思い込みたかった。大悟がフラフラしていても問題ないと思いたかったのだ。

大悟は驚いたのか、あんぐりと口を開けている。そして申し訳なさそうに俯いた。

「ごめん。そんなに怒ってたなんて、気がつかへんかったわ」

悄然《しょうぜん》とする大悟を見て、朋香は冷静になった。恥ずかしくなってくる。

「別に怒ってるんじゃないわ。ただもう少し……先のことを考えて欲しいだけ。今すぐどうこうしなくていいから、ちゃんと考えてほしいの」

これは結局、結婚をせがんでいるのかもしれない。だが大悟の返事がどうであれ、自分の気持ちを言えて楽になった。ふと笑いが込み上がる。

大悟のほうも気恥ずかしそうに苦笑いしている。

「朋ちゃん。俺、仕事がイマイチやさかい言えへんかったけど……」

その時、猫の声がした。鳴き声ではない。

「……たーたん？」

部屋の隅から、ラグドールのタンジェリンがゆっくり現れる。いつもとは違い、顔を俯け、妙な歩き方をしている。

また猫の声がした。咳《せ》き込むような声。タンクだ。あんなに走り回っていたのに、のろのろと歩いてくる。

「くーたん、どうしたの？　なんだか動きが……」

朋香は膝をついて手を伸ばした。タンクがいきなり吐き戻した。タンジェリンもだ。ゲエゲエ唸りながら、嘔吐する。

「くーたん！　たーたん！」

二匹ともぐったりとその場に伏せる。朋香は頭が真っ白になった。力なく伏せる猫を見て愕然《がくぜん》とする。大悟も完全に酔いが醒めたようだ。

「朋ちゃん、すぐに病院連れて行こう」

「病院？　だってもう夜よ。こんな遅くに動物病院が開いてるわけないよ」

「俺が調べるから、朋ちゃんは二匹が吐いたもんを病院に持っていけるようにタオルで拭って。なんか悪いもん食べたんかもしれへん」

「う、うん。わかった」

動揺で手が震える。それでも大悟の指示通りになんとか動いて、二匹をキャリーケースに入れる。そして彼が探してくれた病院へ連絡をして、タクシーで向かった。京都の街中で救急診療してくれる須田動物病院へ。

六十過ぎくらいの白髪交じりの男性、須田医師はパジャマに白衣を羽織り、髪はボサボサ、足元はツッカケのまま診察をしてくれた。

「うん、もう全部吐いたみたいやね」

須田はタンジェリンとタンクを交互に診察すると、優しく言った。片手を軽く添えているだけで、二匹は服従するように台の上でおとなしくなり、あとはされるままだ。獣医ってすごいんだなと、そばで見ていた朋香は感動した。

須田動物病院は昼に訪れた『中京ビルジング』のちょうど裏通りにある。夜間対応してくれるので大きな病院かと思っていたが、町屋に挟まれた小さな建物で、奥は住居になっているようだ。病院の正面玄関ではなく、横の勝手口から中に通され、灯りは診察室しか点いていない。緊急のために特別に開けてくれたのだ。

須田は持ち込んだ吐しゃ物の説明をした。

「観葉植物や。猫が食べてしもたんやね。今回は胃洗浄までせんでよかったけど、ユリ科とかドラセナやったら猛毒や。吸収したら危ない。その他にもあかん植物があるから、猫を飼う家には置かんほうがええ」

穏やかでゆっくりとした喋りは責めるふうでなく、朋香と大悟に対してというより、猫に話しかけているようだ。猫は二匹ともケースに戻され、ケロリとしている。

　観葉植物。朋香と大悟は顔を見合わせた。

　タンジェリンを預かる前は居間の窓辺に飾ってあったが、念のために移動させたはずだ。

「俺、棚の一番高いとこに置いたけど……」

「昨日の運動会で落ちたのね。すぐに片付けておけば……、ううん、そもそも説明書にも危ない物は撤去するようにって書いてあったのに、ちゃんと読まなかった私のせいだわ」

「いや、掃除するって言うて、ほったらかしにして出かけた俺のせいや。ごめんな、たーたん、くーたん。パパが悪かったわ」

「ううん、ママのせいよ。たーたん、くーたん、ごめんね」

　二人で責任の取り合いをしていると、須田が薬を持ってきた。夜中だというのに丁寧に対応してくれる。

「ありがとうございます、須田先生。こんな夜中に診《み》ていただいて、本当に助かりました」

　朋香が礼を言うと、須田はうっすらと微笑んだ。

「動物には昼も夜も関係あらへんからね。人間みたいに、救急車も呼ばれへんし」

確かにそうだ。動物を診てくれる病院が近辺にあるか。更に時間外や休日に具合が悪くなった時にどうすればいいのか。預かるなら、そこまで考えておかなければいけなかったのだ。

改めて院内を見ると、建物が古いだけではなく、診察台や照明、標本や分厚い医学書が詰め込まれた書棚、何もかも古い。顕微鏡にレントゲン機器も年季が入っている。

須田自身も中高年だし、昔から地元に根付く動物病院といったところか。ネットでは緊急診療可となっていたが、多分、この規模で夜間まで対応してくれるのは珍しい。

「こちらは先生が……須田先生がお一人でされているんですか？」

「夜はね。昼間はお手伝いのスタッフがおりますよ。もし何か気になることがあったら、いつでも来てください。電話でも構へんので。お大事に」

そう言った須田は少し眠たげだ。言葉や口調は優しいが、あっさりとしていた。

朋香はタンクを、大悟はタンジェリンを入れたケースを持ち、病院を出た。大悟がスマホを取り出す。

「アプリでタクシー呼ぶわ」

「ねえ、大悟」

「うん？」

「さっき言いかけてたこと。仕事がイマイチだから……何？」

するとと大悟はギクリとしたように目を剝いた。

「いや、あれは……。ええと仕事がイマイチやから……再就職先が決まったら、ちゃんと言うわ。あ。あれタクシーかな」

大悟はそそくさと通りの先へと逃げていく。朋香は半分呆れながら、その背中を見た。やはり、自分がしっかりしなくてはいけない。仕事が決まれば即効、実家に引っ張っていってやる。

朋香は息を荒くしながら五階までの階段を昇った。猫を入れたケース二個の重さに足元がふらつく。四苦八苦しながらドアを開けると、入ってすぐの受付に看護師が座っている。

愛想なく俯いた顔が、あび野にそっくりだ。

いや、だがよく見れば、あび野よりも取り澄ました感じがする。看護師は顔を上げた。

「高峰さん、猫の返却ですね。診察室へどうぞ」

朋香は言われるまま、診察室で医者を待った。

預かっている数日間、考えていた。もしかしたら、あのビルは見つからないかもしれない。見つかっても、ドアに鍵がかかっているかもしれない。

そうなれば、タンジェリンとタンクはうちの子になるのだろうか。

二匹と暮らす生活を想像しながら、猫のイラストもどんどん描き進んだ。出来上がったのは、甘さと鋭敏さのある猫。耳の縁だけ濃い色はタンジェリンの特徴を真似た。額と頬の均等な縞模様はタンクだ。二匹を混ぜ合わせ、瞳はビー玉のように透明感を残した。そこに梢が気に入ってくれたイラストのアレンジを加えると、純子は満足顔だった。

「うまいこと丸くなった感じね。さすがうちのデザイナー。最近ガチガチで面白くないと思ってたのよ」

「何よ、偉そうね。言っとくけど、可愛い系や動物系にシフトチェンジしたわけじゃないわよ。テーマは、大人が持つ凛々しい甘さよ」

「なるほど。凛々しくて甘いか。確かに猫がぴったりね。対象は今まで通り、お金を持ってるビジネスウーマンにしましょう。大人になっても女性は可愛い物が好きなのよ」

そうして、いつものように採算を考えてくれる。純子がいるから好きなことが形にできる。この店の経営がしっかりしているのは、彼女のお陰だ。意識せず感謝の言葉が零《こぼ》れる。

「ありがとう、純子」

「やだ、どうしたのよ。ほんとに丸くなっちゃって。歳取ったってことかしらね」

純子は笑っていた。

タンクのやんちゃぶりは収まることなく、毎晩が運動会だった。だが甘えっぷりもすごく、タンジェリンと共に競うようにおなかを見せてくる。撫でても撫でても満足せず、このままでは腱鞘炎《けんしょうえん》になるねと大悟と笑った。不思議だ。服に毛がついていても、前ほど気にならない。

今日、大悟は見送らなかった。自分がいない間に戻しに行ってくれと、顔を隠すようにして出かけてしまった。

医者が入ってきた。優しく微笑んでいる。

「ああ、調子良さそうですね。猫がよく効いたみたいですね」

「はい」と、朋香は頷いた。病院へ入った時から涙が滲《にじ》んでいた。最後にもう一度、二匹の肉球がさわりたい。プニプニした肉球に指を滑らせたい。あの不思議な感触。実際に触れてみて初めてわかる。

やっぱり猫は癒しだ。

「手放すのが寂しいです」

「猫の効能ですね。あったかいもんを放したくないという気持ちは、ちゃんと心に残ります。さあ、二匹ともご苦労さんやったね。また頼むな。千歳さん、猫持っていってください」

看護師が入ってきた。冷ややかな顔付きで、あっさりと猫のケースを持っていく。空間に、猫がいなくなってしまった。

「あの猫たちは、どうなるんですか？」

「タンジェリンは働いてるんで、職場に戻ります。あの子はああ見えてプロ意識の塊なんでね。どこにいっても人気者です。患者さんはいつも骨抜きですわ。タンクは大きなお屋敷で、ぎょうさんの猫と暮らしてます。末っ子なんで天真爛漫《てんしんらんまん》でしょう。二匹とも大事にされてますよ」

医者はまるで人間の話をしているようだ。それとも医者の目線が、とても猫に近いのか。

「さあ、予約の患者さんが来るんで、そろそろ」

「先生」

「はい」

「もし誰かがここへ来て、ドアが開かなかったらどうするんですか？」

「ドアは開きますよ。自分が開けたければね。ではお大事に」

医者は柔らかく、だかどこか淡々としている。それは少し前に世話になった須田心医師の笑顔に似ていた。

診察室を出ると、受付の看護師は顔も上げずに「お大事に」とだけ言った。ビルの外から見上げると、そこはやはりあび野と一緒に訪れた『中京ビルジング』そのままだ。だけど、違う。

仕事と私生活にもう少し余裕を持てたなら、猫を飼いたい。完璧じゃなくて、しっかりもしていないからこそ、大悟とよく話し合おう。

朋香は振り返った。

ああ、もう路地はない。細くて長い『中京ビルジング』だけがある。あの部屋の鍵は閉まっているのだろうか。

それを確かめることはしなかった。

第五話

「いやあ、お客さん。動物のお医者さんなんどすか」

あび野《の》は照れ臭そうに顔を赤くする須田《すだ》に酌《しゃく》をした。

お座敷の客はどこかの社長や資産家、弁護士や医者が多いが、獣医師は初めてだ。

「そうやで、あび野。この須田先生はめちゃくちゃすごい獣医さんやねんで」

常連客の井岡《いおか》は京都市内にいくつもビルを持つ大金持ちで、気前がよく、祇園《ぎおん》界隈ではちょっとした有名人だ。テカテカに光った額と赤らんだ顔はいかにも豪傑社長といったふうだが、実際には気のいい紳士だ。

「ほら、どんどん須田先生にお酌してや。先生はワシの恩人なんやさかい」

「へえ」と、あび野はゆるりとした仕草で日本酒を注いだ。須田は六十過ぎくらいのおとなしそうな男性で、こういう場に不慣れなのか、ひどく畏《かしこ》まっている。

「恩人やなんて大層ですよ、井岡社長。まさか祇園で芸妓さんを呼んでもらえるなんて、逆に申し訳ありませんわ」

「何を言うてはるんですか、須田先生。ほんま、先生には助けられましたわ」

「あら、どうしはったんどすか？」

あび野が聞くと、井岡は大袈裟に顔をしかめた。

「中京にあるワシのビルや。あそこの店子《たなこ》が、逃げよってん。家賃踏み倒しただけちゃうで。部屋中にいっぱい猫を置いたまま、とんずらしよってん」

「いやあ、それって、その猫ちゃん……」

あび野は須田を見た。須田は猪口《ちょこ》を空けると、薄く笑った。

「違法ブリーダーやね。テナントの中で猫を繁殖させて、ネットで売ってたらしい。でも立ち行かなくなったんか、飼育放棄して逃げたんや」

「そんなん、ひどいわ。須田先生、残された猫はどないなったんどすか？」

すると酔った井岡が大きな声を出した。

「どないもこないも、臭いがひどいゆうて苦情が入ってな、管理会社に見に行かせたらどえらいことになってたんや。でも瀕死の状態で生き残ってる猫がおってな、それを先生が治療してくれたんや。先生と、あとボランティアの人らが後片付けと猫の供養《くよう》までしてくれてな。言うとくけど、もちろん金は払ったで。なんとかいう団体に寄付もぎょうさんしたし」

「井岡社長には、そっちの面では大変お世話になってます。保護猫センターは火の車らしくて」

「先生かて、ほとんどタダみたいな料金で犬猫を診《み》てやってるそうやないですか。ほんま、お人好しですわ」

井岡は豪快に笑う。あび野も合わせて笑った。高い花代を払ってもらうのだから芸者に湿っぽい顔はご法度《はっと》。だが、心の中ではひどい話だと沈んでいた。井岡が座敷を離れたので、こっそり須田に聞く。

「先生、さっきのお話どすけど、助かった猫ちゃんはどうしはったんどすか？　ぎょうさんいてるんやったら、うち、お客さんに声かけてみましょか」

すると須田は首を振った。

「井岡社長は持ち上げてくれはったけど、実際に助けられたのは二匹だけなんや。他は、みんなあかんかった。二匹ともまだうちの病院におるんやけど、助けた状況を説明したら貰《もら》い手もつかんくてね。こんな席ではよう言われへんくらい、ほんまにひどかったから」

須田は笑ったが、それはとても悲しそうで、あび野は言葉を失《な》くした。どんな状況だったのか想像もつかない。そのあとは宴会を盛り上げるために、いつも通り明るく努めた。

あび野は祇園の芸妓だ。中学を卒業してすぐに田舎から出てきて、こま野屋で舞妓になり、芸妓として一本立ちした。今年で二十六歳になる。

芸者は一本立ちすると髪型や服装、住む場所など私生活は自由となるが、独立しても置屋に残って給料制で働く者もいる。あび野もそうだ。こま野屋に住み込み、女将《おかみ》のしず江《え》の片腕として働いている。

そのお座敷から数日後、あび野はスマホを片手に六角通《ろっかく》を歩いていた。洋服なので、ジロジロ見られることもない。髪も普通に下ろしている。

「ここやね」

立ち止まったのは、富小路《とみこうじ》通にある須田動物病院の前だ。周りの住宅と同じような造りの古い病院だ。

本当に来てしまった。ドキドキしながら入ろうとすると、ちょうど同じタイミングで反対方向から来た男性とぶつかりかけた。向こうが先に謝ってくる。

「あ、すいません」

三十手前くらいの、地味な感じの青年だ。あび野が手で先を促すと、会釈《えしゃく》して病院に入っていく。続いて中に入ると、待合室の造りは普通の病院と変わりない。だが貼ってあるポスターが犬向けのワクチン案内だ。壁のボードの写真には犬や猫が写っている。

ここの患者だろうか。エリザベスカラーをつけた猫が飼い主に抱っこされている写真を見て、顔がほころぶ。飼い主は笑っているが、猫はものすごく不機嫌そうだ。

青年は受付を通さずに診察室に入った。慣れた患者か、もしくはここの従業員だろうか。あび野は勝手がわからず、受付の女性に約束していることを告げると長椅子で待った。

少しして、さっきの青年が出てきた。須田医師も一緒だ。須田はあび野を見ると、苦笑いをした。

「あび野さん。ほんまに来たんやね」

「嫌やわ。先生、ひやかしやと思ってはったんですか？　うちは本気どすえ」

「はは、すまない」と須田は笑った。そして青年に向かって言う。「じゃあ梶原《かじわら》君。わざわざありがとう。来週、センターのほうに寄らせてもらうさかい」

「はい。よろしくお願いします」

少し頭を下げた青年は、プラスチックの簡易ケースを持っている。側面の網から、猫が見えた。

それはまるで真夜中のような黒猫だ。金色の目だけがギラリと光り、あとは鼻も口もわからない。

青年が行ってしまうと、あび野は診察室に通された。銀板の大きな診察台の上に須田がケースを置く。さっき青年が持っていたのと同じ物だ。

「もしかして、さっきの人は……」

「そう。もう一匹の猫を引き取ってくれたんや。悪いけど、早いもん勝ちで先に手を上げた方に選んでもらったよ。とはいえ、あっちはなかなかの強者《つわもの》で、梶原君でも相当苦労するやろな。あび野さんには、この子や」

　須田は片手をケースに入れると、軽々と猫を外に出した。

「三毛猫のメスや。二歳くらいかな。ちょっと毛並みがみすぼらしいけど、そのうち生えそろうやろう」

　そう言って診察台の上に下ろした猫は、顔周りの毛が所々抜けてカサブタになっていた。痩《や》せて、背中から後ろ肢の部分がへこんでいる。白地の多い体には黒と赤茶色の毛が楕円《だえん》模様に散らばっている。はっきりとした配色は気が強そうで、耳はピンと立ち、目は明るい銅色だ。

「電話でも話したけど飼育環境のせいで腎《じん》機能が低下しとる。この先、何年も通院せなあかん子や。今、どんだけ本気やったとしても、実際の手間とは釣り合わへんようになるやろう。脅すようで悪いけど……。あび野さん？」

　あび野は須田の話を聞いていなかった。診察台の上にちょこんと座ってこっちを見ている猫と、目で会話をしている最中だった。

　はじめまして、うちの猫ちゃん。白にオレンジ色のブチ模様。フワフワの棉花《めんか》みたい。なんて、なんて可愛いの。

「あび野さん？」

「あ、はい。猫のことやったら、勉強してきました。それに子供の頃、実家で飼ってたんです。雑種で病気知らずの子でしたけど、すごく気まぐれで、なかなかさわらせてくれませんでした。だからこの子も……」

きっと、警戒して寄り付いてくれない。

そう思っていたのに、猫は起き上がるとあび野の手に鼻をこすりつけた。

キュッと胸が締めつけられる。実家の猫が死んでしまった時には家族中が悲しみ、あび野も泣いた。別れのつらさを知ってからは実家でも猫を飼っていない。ネットで眺めるだけの、遠い癒しの存在だった。

それがなぜ突然飼おうと思ったのか。

しかも、訳ありの猫を。

「こういうんが、猫やな」須田は微笑《ほほえ》んだ。「人見知りやのに、人たらしみたいなことするやろ。人を呼ぶ……いうんかな。呼ばれた方はかなんわ。どうする、あび野さん。最初から見送る覚悟をせなあかん子や。それでもこの子、連れて帰るか？」

「はい」

あび野は深く頷いた。三毛猫はもう単に猫ではなく、猫の姿をした命だ。繊細で華奢《きゃしゃ》で、だが目の光には気位の高さが見える。

「先生、この子、名前は？」

尋ねると、須田は首を横に振った。

「さっきの猫と一緒で、名前もあらへんまま大きくなったんや。君が付けたってくれ。もう、君の猫なんやから」

「ちーちゃん、心先生の病院行こか」

あび野は優しく言った。千歳は和ダンスの上に乗っかったまま、お尻を向けて動こうとしない。何度呼んでも、知らんぷりだ。

「ええ加減にしいや、千歳《ちとせ》。はよ降りてきなさい。もうすぐタクシーが来るで」

怒った声を出しても効果はない。だが聞こえている。折れ曲がった鍵尻尾の先がチロチロと動いている。一年前にはこそげていた尻周りも、今やみっちりと肉付きよくなっていた。

「おやつの約束してくれへんから、嫌や言うてはるで」

こま野屋の女将しず江が、笑って猫用おやつのスティックをちらつかせた。すると千歳はすんなり降りてきた。

「ほら、千歳。帰ってきたらあげようなあ」

「もう……。おかあさんはすぐおやつで釣るんやから」

「そやかて、こうでもせんとこの子はうちらには寄り付かへんのやから。ほんま、いつまで経っても千歳は慣れてくれへんなあ。まあ、そういうとこも可愛いんやけど」

「そんなん言うたら、うちかて騙《だま》されたわ。この子に最初に会った時、そら人懐こくて、なんて可愛い猫や思たのに、家に連れて帰った途端、自分の気が向いた時にしか来てくれへんのやもん。なあ、ちーちゃん」

話しかけても、千歳はしず江が持っているおやつをじっと見ている。しず江は笑った。

「そら、騙されたあんたが悪いわ。芸者と同じで、甘えるだけが芸やあらへん。つれない仕草も時には効果的や。もし千歳が花街の芸者やったら、間違いなく祇園一の売れっ子やなあ。……あら、なんか外が暗いなあ」

しず江は縁側の大きなガラス戸を見た。

「こないだの大雨で二階のトユがガタついてしもたさかい、そのうち大工さんに来てもらわなあかんわ。あんたら、雨降る前に行っといで。気いつけてな」

「おおきに、おかあさん。ほら、千歳。心先生とこ行くで」

今日は須田動物病院での月一の健診だ。三毛猫の千歳を引き取ってから、丸一年が過ぎた。あび野は花見小路《はなみこうじ》にあるこま野屋で、仕込みの若い舞妓見習いや姉妹芸者と一緒に暮らしている。置屋《おきや》は多くの人が出入りするので、千歳は外に出ないように住居の奥座敷でしか放さない。夜は二階にあるあび野の部屋で、一緒に眠った。

須田病院へ向かうタクシーの中で、あび野はキャリーケースの中の千歳に話しかけた。

「騙してくれてありがとうな、ちーちゃん」

こんなふうに猫に話しかけてしまうのも、今や日常になった。タクシーの運転手がバックミラー越しにチラリと目を向けるが、気にならない。

千歳にはもう出会った時のみすぼらしさは無く、三色の毛は艶々と光っている。右の目の周りは茶色で、左は黒だ。額から鼻筋が白いハチ割れ模様で、ツンと鼻が高い。そのためか少し高飛車に感じられる。

実際、おいでと呼んでも滅多に来ない猫だ。しばらく逡巡《しゅんじゅん》するようにじっと目を見つめて、そしてそっぽを向く。見つめる時間が長ければ長いほど、袖にされた時にがっくりとくる。女将の言うとおり、これが芸者なら確実に引く手あまただ。

須田病院に着くと、少し時間があるので院内に貼られた写真を眺めた。ほとんどが犬猫だが、鳥やウサギもいる。初診と寛解《かんかい》時に飼い主の許可をもらって撮るのだ。ボードには自分たちの写真も貼ってある。千歳を引き取った日に須田が撮ったものだ。あび野に抱かれた千歳はまだ痩せていて、目じりは赤く、皮膚病のせいで毛並みはバサバサだ。須田が忠告したとおり、千歳には頻繁《ひんぱん》な治療が必要だった。飼い始めた時は毎日のようにここへ通った。

それも今では、月に一度の経過観察で済むまでになった。この写真を見るたびに、お互い頑張ったと思う。

あとは健康になって、完治の一枚を撮ってもらう。今の美しい千歳の姿をボードに残す。

写真の貼り出しを始めたのは須田の妻で、以前は助手を務めていたが、数年前に亡くなったと聞いた。この病院は建物も設備も古く、医師も須田心の一人だけだ。最新医療を求める飼い主には物足りないだろう。

──そう、もっと千歳にはしてあげたい。あび野はぼんやりと写真を眺めた。

「竹田《たけだ》千歳ちゃん、どうぞ」

受付係に呼ばれて診察室に入ると、白衣を羽織った須田が穏やかな笑みを浮かべている。

「さあ、ちょっと診せてな」

須田は子供に話しかけるように優しい。さわられるのが嫌いな千歳をなんなく診察する手つきは、いつも感心してしまう。触診と血液検査のあと、静かに言う。

「やっぱり数値がよくないな」

「そうですか」

　頷きはしたが、本当はここへ来るまで期待をしていた。奇跡的に回復していると。千歳はまだ若いから、改善してきたと。だが奇跡は起こらない。出会った日から、千歳は着実に悪くなっていく。

「そうですか……」

　あび野は虚《うつ》ろに言った。涙は滲《にじ》んだだけで、零《こぼ》れなかった。銀の診察台の上で千歳が鼻先を向けたので、顔を寄せる。千歳の鼻は柔らかく湿っている。

　永遠にこんな日が続いてほしい。そのためにもっと高度な治療が必要なら、遠方であろうと高額であろうと惜しまない。

　千歳を守るのだ。あび野は意を決した。

「心先生。千歳を助けてくれたんは先生ですし、怖がりな千歳も先生にはよう懐いてます。そやから、できればずっとここで治療を続けたかったんですけど……」

「セカンドオピニオンを受けたいなら遠慮せんでもええ。紹介状も書くよ」

「前に先生は、関東の有名な病院にツテがあるって言うてましたよね。動物の研究は海外のほうが進んでて、その治療方法を取り入れてる病院があるって。先生、うちはこの子が一秒でも長く生きられるなら、なんでもしたいんです。どうか紹介してもらえませんでしょうか」

「それは……どうやろう。遠方での治療は、思っている以上に費用がかかるで。時間もや。あび野さんは売れっ子の芸妓さんやのに、お座敷はどうするんや」

「なんとかします。なんとでも、なります」

あび野は懇願《こんがん》した。須田は苦々しくため息をついた。

「この猫は最初に言うたように、飼う前から覚悟のいる猫や。その覚悟があっても、正直ここまでという境がないのが動物の治療なんや。本人らは、なんも言われへんからな」

「千歳の気持ちはうちが一番ようわかってます。この子にはうちしかおらへんのです。うちはこの子と一緒に、どこへでも行く覚悟があります」

「そうか。そこまで言うんやったら、先進治療する病院への転院も考えてみようか」

須田がそう言ってくれて、あび野は安堵《あんど》した。希望の光が見えたような気がする。病院からの帰り道、またタクシー内でケースの中の千歳に話しかける。

「大丈夫やで、ちーちゃん。うちが治してあげるさかいな。なあ、ちーちゃん。ずっとずっと、ずーっと一緒にいような」

千歳は伏せて目を閉じている。パタパタと音がした。顔を上げると、大きな雨粒がタクシーの窓を叩き、あっという間に土砂降りになった。

その夜、いつものように置屋の二階へ千歳を連れていき、灯りを消そうとした。するとと千歳が静かに寄ってきた。少し先が折れた尻尾を真上に立て、じっと見つめてくる。その顔付きと仕草から、何かを求めているのだとわかる。

あび野は屈むと手を差し出した。だが、おいでと言っても素っ気なくされるのは慣れている。それでも言った。

「おいで」

千歳は銅色の虹彩《こうさい》に黒い瞳孔を大きくして、鼻先を近づけてきた。あび野の指先をフンフンと嗅ぐと、顔をこすりつける。右回りの茶色、次に左回りの黒。そして白い鼻先。あび野の手から腕へと昇り、胸に前肢を着いて立ち上がる。

育った環境か、元の性格か、大人しく抱かれていない猫だ。それが今日は腕を回してもじっとしている。あび野の頰をザリザリする舌で舐めてきた。

「ふふ、どしたん？　今日はえらい甘えんぼさんやねえ」

あび野は千歳を抱き上げると、自分のベッドへ乗せた。夕方に病院へ行ったので少し神経質になっているのかもしれない。もしかしたら、転院の気配を感じ取っているのだろうか。千歳はベッドの上をウロウロしたあと、枕の端っこに頭を寄せて丸くなった。

あび野は枕を傾《かたむ》けないようにベッドに仰臥《ぎょうが》し、天井を見つめた。

「遠くの病院に行くことになっても、うちは頑張るさかいな。ちーちゃんはうちやったら助けてくれると信じて、うちを選んでくれたんやもん。うちはなんでもできるよ。覚悟なんか絶対にせえへん」

不思議と不安はなかった。新たな治療へ一歩踏み出したことで、希望が湧いてきた。千歳は必ず助けてみせる。他の健康な猫と同じくらい長生きをして、幸せにするのだ。そんな未来を描いているうちに眠ってしまったようだ。ふと空気の動きを感じて、目が覚めた。

窓から差し込んだ月明かりが影を浮かばせている。暗闇の中、猫の形をした黒い影は、耳がピンと尖り、長く立てた尻尾の先が少しだけ折れている。

「千歳？」

起き上がろうとした時、影はひょいと窓の向こう側へ飛んだ。あび野は慌てて窓枠に飛び付き、身を外へ乗り出した。外は真っ暗ではなかった。満月の光をはじき返す祇園の石畳から、千歳がこっちを見上げていた。

病院の外壁に貼ったポスターは、先週の雨で文字が滲んでいた。新しい物に替えていると、須田が表に出てきた。空を見上げたあと、ぎこちなく笑う。

「どうや。あかんか」

「ええ。こうして貼り直した時はたまに連絡があるんですけど、空振りばかり。警察の拾得係や保健所も毎日チェックしてるんですけど、あきません。どこにいってしもたんか……」

あび野はポスターに刷られた千歳の写真に向かって呟いた。千歳がいなくなってもう三か月だ。

あの夜、すぐに外へ飛び出すと、千歳はまだ表通りにいた。だがあっという間に逃げてしまった。あび野は真っ暗な中、必死になって周辺を探した。這《は》いつくばって側溝を覗《のぞ》き、植え込みで泥だらけになり、朝まで泣きながら探した。しず江に止められなければ、やめなかっただろう。

だが今は、あの時もっと探せばよかったと思う。何もかも投げ出して、もっと探していれば。

「ほんまに、どこに行ってしもたんか……」

「あび野さん。何度も言うてるけど、人と動物が暮らす中で、ペットのロストはどんだけ気を付けてても起こり得ることや。これ以上自分を責めてもどうしようもあらへん」

須田は穏やかではあるが、しっかりした口調だ。千歳がいなくなってから、須田には随分と相談に乗ってもらった。信頼して譲った猫を逃がされたのだ。本当なら非難したいだろうに、ひと言も責めることなく色々と協力してくれている。

それでも千歳は見つからない。ポスターの写真は雨でにじみ、色あせている。

「ほら、またや。あかんで」

「え？」

虚ろだったあび野に、須田が苦笑いをする。

「そうやって、世界中から責められてるみたいな顔したらあかん。これは君と君の猫の問題や。僕はな、仕事上、大きく線を引いてるんや。動物と、名前をもらった動物や。名前のある動物には飼い主がいて、僕はそれは一つの括《くく》りやと思ってる。君と千歳は一個の括りや。だから千歳のことは君が考えて、君が決めたらええ。他の人間がとやかく言うべきことやあらへん」

「そやけど……」

須田の真摯《しんし》な言葉が、あび野の胸に刺さった。周りからは色んな言葉をかけられるが、自分の思いはたった一つ、後悔だ。あの夜、散々探したあと部屋に戻ってみると、町家の上げ下げ式の古いクレセント鍵はちゃんと回っていた。だが、窓は開いていた。あび野は窓をきちんと締め切らないまま、鍵だけ回していたのだ。

どう考えても千歳を迷子にしたのは自分の責任だ。そんな気持ちを読み解くように、須田は少し厳しめに言った。

「諦めろとは言わへん。でもほどほどにせんと、自分の顔色見てみ。そのうち倒れるで。そうなったら周りにも迷惑かけるやろ」

「はい……」

痛いところを突かれて、あび野は悄然《しょうぜん》となった。ヨレたポスターを折りたたみながら、鬱々《うつうつ》とため息を吐く。京都を越え、滋賀や大阪にまで貼ったポスターは何千枚になるかわからない。思い付くことはすべてやっている。

とうとう昨日、どこまでやれば気が済むんだと女将に厳しく言われてしまった。プロの芸妓なら、お座敷で見せる笑顔は歪《ゆが》み、時間さえあればスマホで情報収集している。白粉《おしろい》が涙で滲むようなことがあってはならない。千歳を可愛がっていた女将だからこそ、あび野も諦め時だと思わされた。

「先生、うち、今から千歳が保護されたビルに行ってみようと思ってるんです」

「あのビルに？　なんでまた」

「猫は、人じゃなくて家に付くっていうでしょう。もちろん、ひどい飼われ方をしてた千歳はあそこを家やなんて思ってないでしょう。そやけどもしかしたら、千歳にとっての何かが残ってるかもしれへん。アホやと笑ってください。でも、自分の目で見て確かめたいんです」

「あそこには何もないよ。あるとしたら恨みや」

須田は険阻《けんそ》に眉をひそめている。いつも穏やかで冷静な須田が初めて見せる顔だ。それでもあび野は病院の裏通りへと向かった。持ち主の井岡にはすでに連絡済みだ。知り合いが内見したがっていると嘘を言って、管理会社の担当と待ち合わせをしている。

そのビルは、須田動物病院の真裏に位置していた。縦に細長い『中京ビルジング』。管理会社の男性に案内され、五階まで昇る。奥から二つ目の部屋だ。担当者は躊躇《ちゅうちょ》なくドアを開けた。意外にも室内は明るく、すりガラスの大きな窓から煌々《こうこう》と光が入っている。

「この立地にしては格安ですよ。見晴らしもええですし、お勧めですよ」

担当者は笑顔を振りまいている。あび野は部屋の真ん中に立ち、ぐるりと回し見た。がらんとした白い床、壁。数年前に起こった悲しい出来事など微塵《みじん》も感じさせない。

「ここ……どっかから出入りできますか、その、猫とかネズミとか」

「ネズミですか？　換気扇《かんきせん》はありますけど、外からは入れへんのちゃうかな。天井や配管はしっかりしてます。古いから、壁も結構ごっついんですよ」

そう言って、壁をコンコンと小突く。あの壁がたくさんの猫を閉じ込めていたのだと思うと、ゾッとした。

あび野は気分が悪くなり、部屋の外に出た。するはずがないのに、猫の鳴き声が聞こえる。嫌な匂いが鼻をつく。もし千歳がここへ戻ってくるとすれば、それは哀愁や憐憫《れんびん》ではない。須田の言う通り、恨みだと思った。

実際に部屋を見たのは、気持ちの区切りになった。あび野は以前のようにお座敷では明るく努めた。積極的に仕事も取りにいった。白粉を塗って笑っているほうが、気持ちを誤魔化《ごまか》せる。

だが時々、すさまじい後悔と悲しみが押し寄せて大泣きする。女将や芸者仲間の前でもだ。周りを戸惑わせていることに気付いても、どうしようもない。そしてあのビルにもこっそり行った。なんの期待もしていないが、知る限りであび野にはこしか行く先がない。五階のあの部屋のドアに額を付け、千歳を呼んだ。

「帰ってきて。帰ってきて、ちーちゃん」

高峰朋香《たかみねともか》の店の二階で、あび野はオーダーしたバッグを受け取った。

明るいオレンジ色の肩掛けバッグだ。本革だが軽く、見た目同様に柔らかい。

「すごく素敵やわ。思ってた以上です。おおきに」

本当に気に入って、姿見の前でバッグを肩に掛ける。デザイナーの朋香は洗練された都会的な女性で、紹介してくれた梢《こずえ》の顔を立ててか、こうして二階の事務所まで通してくれる。

朋香には二か月ほど前にも会った。あの時は話が噛み合わなかったが、お互い、何か奇妙なことに巻き込まれているようだ。

「あび野さん、これ、今回のデザインには付かないんですけど、よかったらもらってくれませんか」

そう言って朋香が渡したのは、鞄の装飾用ストラップだ。同じオレンジ色に染めた革には、金の箔押しで猫の顔が描かれている。

ギュッと胸が詰まった。

「わあ、可愛いわ」

あび野は微笑んだが、涙が浮かんでくるのを止められなかった。千歳とはまったく違う長毛の洋猫だ。それでも胸が圧し潰されそうだ。たまらずに俯く。

朋香は穏やかな口調で聞いてきた。

「梢さんから伺ったんですが、あび野さんの飼っていた猫がいなくなったそうですね。もしかして、その猫の名前が千歳ですか?」

「……ええ、そうです。いなくなってもう一年以上経ちます。思い付くことは全部しましたけど、見つからないままです」

あび野は声を抑えようとした。朋香にとってはただの世間話だろう。だが箍《たが》が外れたように涙と感情が溢れ出す。俯けていた顔を上げ、まっすぐに朋香を見た。

「ほんまは仕事も何もかも捨てて、千歳を探しに行きたい。千歳は元々、長くは生きられへん子やった。だからもうあかんってわかってるけど、それでも生きてると思いたい。周りに迷惑かけるから忘れた振りしてますけど、今も毎晩、毎晩、泣いてしまうんです。悲しくて悲しくて、自分でもどうしようもない。千歳はたった一年しかうちにおらんかったんです。たった一年やのに。うち、アホみたいですやろ?」

最後は自分でもおかしくて、泣きながら笑う。滑稽《こっけい》で幼稚だと、馬鹿にされても仕方がない。

だが朋香は馬鹿になどしなかった。悲しそうな顔で首を横に振る。

「以前ならそう思っていたかもしれません。でも私、たったひと月、猫と一緒に暮らしただけなのに、今でもその子たちのことが目に浮かぶんです。ネットはもちろん、CMの猫なんかにも反応しちゃって。それこそ、アホみたいでしょう? 飼ってたわけでもないのに、そんなグッズまで作っちゃって」

そう言って朋香は、ストラップの金の猫を見て、自嘲《じちょう》気味に笑う。

「過ごした時間の長さは、多分関係あると思います。でも短さと愛情の深さは紐づきませんよ。一日でも一年でも、人間でも猫でも、かけがえのない相手っているんですよ。たとえもう会えなくても」

迷いのない口調で言われ、あび野の心は強く打たれた。お礼を言いたくても、唇が震えて声が出ない。

そんなあび野に、朋香は更に言った。

「あび野さん、もう一度あそこに行ってみたらどうですか？　すごく変な先生ですけど、もし会えたなら、話すだけで何かのきっかけになると思うんです。自分が開けたければドアは開くそうです。行ってみてください」

朋香は真剣だ。あそこがどこなのか、聞かなくてもわかる。

だが同じことだと思った。あの古いビルには今まで何度も足を運んだのだから。


「……あら？」

気が付けば、通りをぐるりと一周していた。ぼんやりしていたらしい。

あび野は一人苦笑いして、蛸薬師《たこやくし》通から麩屋町《ふやちょう》通に入った。親身になってくれた朋香のために、無駄とわかっているが行ってみよう。

だがまた、ビルの前を通り過ぎてしまった。引き返すと、今度は六角通にいる。

周りの景色も、知っているようで知らない。自分が今どこにいるのかわからなくなり、ふと足を止めた。

ビルとビルの間に路地があった。奥は暗くてよく見えない。怪訝《けげん》に思いながらも吸い込まれていく。

薄暗いジメジメとした路地の突き当りに、高く細い『中京ビルジング』はあった。中に入ると、どことなく見知った造りが迷うことなく五階へと足を運ばせる。何度もこの部屋に訪れてはドアの前で泣いた。今までドアノブを摑んでも回す勇気はなかった。あったとしても、どうせ施錠されている。

だが少し力を入れただけで、簡単にドアは開いてしまった。内装が前とは違い、空き室ではなくなっている。入ってすぐの小さな受付には誰もいない。

パタパタとスリッパで床を叩きながら看護師が現れた。二十代後半くらいの色の白い女性だ。

「竹田亜美《あみ》さんですね。お待ちしてました」

「え……」

あび野は驚いた。予約もしていないのに、なぜ待っていたのか。それになぜ、本名を知っているのか。

「お掛け下さい」と、看護師が素っ気なく言う。なんだろう、この看護師。どこかで会った気がする。この顔。この声。

——誰だっけ？

あび野は戸惑いながら一人掛け用のソファに座った。狭いけれど明るくて清潔な室内。朋香が言っていたのは本当だった。いつの間にかここは病院になっていたらしい。

「どうぞ、お入りください」

診察室のドアの向こうから男性の声がして、あび野は入った。中では白衣姿の男性がこっちを向いて座っている。男性は微笑んだ。

「やあ、お待ちしてましたよ、竹田さん。結構時間がかかりましたねえ」

「あなたは……」またも、ぽかんとする。この医者を知っている。「心先生の病院で何度かお会いしましたよね。確か、ニケちゃんの飼い主の」

須田病院の待合室で何度か一緒になったことがある。千歳と同じくこの部屋から救出された黒猫を引き取った男性だ。彼自身の名前は知らないが、猫はニケだったはず。あび野は混乱したまま、医師が差し出した手に促されて椅子に座った。

医者は優しく微笑んだ。

「今日はどうしはりましたか」

「どうって……」

どうしたかと聞かれて、返答に困った。目の前の男性は本物の医者らしい。もう診察が始まっている。

どうしたかと聞かれても、答えがない。あび野は何も困っていない。生活は順調だし健康だ。自分でも何を求めてここへ来たのかわからない。

それでも無意識に呟く。

「うちの猫が帰ってこないんです」

「わかりました」

医者はそう言うと、にっこり微笑んだ。

「猫を処方します」そして椅子をくるりと背後に回した。「千歳さん。猫持ってきて」

「千歳?」あび野はハッと息を飲んだ。

カーテンが開いて、さっきの看護師が入ってきた。手提げのキャリーケースを持っている。プラスチックの簡易なケースは、最初に須田病院で千歳が入れられていた物と同じだ。

「千歳? 千歳なん?」

まさかと両手でケースを摑む。中にいるのはまん丸い顔をした、薄茶色の猫だ。

呆けるあび野に医者が言った。

「竹田さん、ご家族とお住まいですか?」

「え……、はい。いえ、どうでしょうか」

不意の質問にもたつくと、医者は笑った。

「あはは。どっちですか」

「ほんまの家族ではないんですが、家族同然に暮らしてる人らがおります」

「そうですか。家族がおったほうがええんです。この猫は結構きついんで、一人やと効きすぎるんです。加減して服用してください」

「はあ」

「あと、効き目も広いんで、一緒に住んではる人らにも影響があると思いますけどどうもありませんから。こちらをとりあえず、十日間続けてみてください。処方箋を出しますんで、受付でもらって帰ってください。では十日後に」

「はあ」

薄茶色の猫を見つめながら、あび野はそぞろに答えた。猫は丸々とした目でじっとこっちを見ている。

診察室を出ると、ぼんやりしたままソファに座る。膝の上に乗せたケースの重みが懐かしい。千歳も最初はこのくらいの重さだった。

「竹田さん、こちらへどうぞ」

小窓から看護師が呼ぶ。処方箋を渡すと、看護師は代わりに紙袋を出してきた。

「中に説明書が入っていますからよく読んどいてください。あと、猫を飲み切って症状が改善されたら、もうここへは来なくてええですから」

「え？　そうなんですか」

「ええ。先生には私から言うときます。治るといいですね。ではお大事に」

「でも、そしたらこの猫は」

「お大事に」

「この猫はどないしたら」

「お大事に」

　看護師の声に感情はなく、顔も上げなかった。ビルの外に出ると、ケースを片手にもらった説明書を読む。

『名称・ミミ太。オス、生後五か月、スコティッシュフォールド。食事、朝と夜に適量。水、常時。排泄処理、適時。基本的には放置して問題ありません。人慣れしているので懐いたように見えますが、実際は向こうも様子見をしています。歩み寄りは大事ですが、追いかけると逃げる場合がありますので注意してください。就寝時は患者と同室にしてください。以上』

「何、これ。どういう意味なんやろ」

　胸がモヤモヤする。もう一年以上、周りに猫がいたことはない。もし千歳が戻ってきた時に別の猫の匂いが体に着いていたらと思うと、近寄れなかった。

それが突然、なんの心構えもないまま押し付けられてしまった。朋香が言っていた。何かのきっかけになると。これは、なんのきっかけなのだろうか。

暗い路地から抜け出して先へ進むが、まだ靄《もや》に包まれているような気分だった。


女将のしず江は畳に這いつくばり、なんとかミミ太の視界に入ろうと必死だ。その隣では妹芸者のゆり葉が同じように這《は》いつくばっている。

ゆり葉はワイヤーの先に羽の付いた猫じゃらしを小刻みに振った。

「ミミ太、ええ子やなあ、ほら、うちのとこおいで。こっちおいで」

ミミ太は二人を見比べると、短い足でゆり葉に近寄った。するとしず江はいつの間に買ったのか、猫用おやつのスティックをちらつかせた。

「ミミ太、ほら、おかあさんとこきいや。おやつやで」

「いや、おかあさんってばずるいわ。あび野ねえさん、おかあさんがズルしはる」

あび野は二人がミミ太の取り合いをするのを眺めていた。しず江は元々猫好きなので、相談なくミミ太を連れ帰っても受け入れてくれた。むしろ、歓迎してくれている。ゆり葉はあび野と同じく一本立ちしたあとも置屋暮らしをしている。千歳がいた時も、この二人が随分と世話をしてくれた。

スコティッシュフォールドは耳が小さく折れていて、顔は大福のように丸く、手足が短い。愛らしい姿から人気の高い品種だ。ミミ太は円状の頭の上に張り付くように耳が折れ曲がっている。耳というより、形が潰れたリボンのカチューシャをはめているようだ。おまけに目もまん丸で、体全体が丸々としている。薄茶の縞模様とヒゲがなければ、別の猫科の動物でも通りそうだ。

説明書きの通りで人には慣れている。さっきのように呼べば寄ってくるし、一人遊びの可愛らしい動きも見せてくれる。今は毛糸でできたボールにじゃれついている。

「可愛いなあ、ミミ太は」しず江はミミ太を見ながら、しみじみと言った。「なんか胸の中にぽっかり空いた穴が、埋まるみたいやわ。そやけどよかったわ。またあび野が猫を飼う気になってくれて」

「ほんまやね。あび野ねえさん、ずっと暗かったもん。うちもちーちゃんがいなくなって寂しかったけど、ミミ太が来てくれて嬉しいわ」

ゆり葉はミミ太を見てうっすら涙を浮かべていたが、急に笑い出した。ミミ太は毛糸玉をうまく抱き締められずにひっくり返っている。

「なあ、なあ、おかあさん。うち、ミミ太ってなんかに似たはると思っててんけど、わかったわ。ミミ太、おはぎみたいやない？」

「おはぎって、餡《あん》とか青のりで包んだ、あのおはぎ？」

「そう。黄な粉のおはぎ。黄な粉色で、丸こくて、美味しそうやん」

「あら、ほんまやね。それやったらうちは、中身は粒餡がええわ」

「うちはこし餡やわ。あび野ねえさんは？」

ゆり葉に笑顔を向けられても、あび野は笑い返せなかった。二人ともミミ太に夢中だ。あまりにもべったりなので不安になる。

「おかあさん、ゆり葉ちゃん。何回も言うけど、その猫はあと三日したら返しにいかなあかんねんで」

するとニ人は顔を見合わせた。お互い目配せしながら、ぎこちなく笑う。

「あんな、あび野。こうして猫を預かる気になったってことは、前向きになれたやん。その病院の先生に言うて、このまま引き取らせてもろたらどうえ？」

「そうやわ、おねえさん。ミミ太の世話やったらうちも手伝うし」

まるで示し合わせたようだ。いや、恐らくあび野のいないところで、こっそり相談したのだろう。

「おかあさん、ゆり葉ちゃん、何言うてんの」

あび野は必死で動揺を隠した。もう病院へは来なくていいと言った、あの看護師の伏せた目を思い出す。

「その子は預かってるだけで、もろたわけとちゃうんよ。それに、そんなこと言うたら千歳が可哀想《かわいそう》やん。諦めてしもたみたいで」

「そうやないで、あび野。新しい子をお迎えしても、千歳を諦めたことにはならへん。千歳を待つんは、かまへん。忘れることもあらへん。そやけどあんたの幸せも大事にせんと」

しず江は穏やかだが、諭すように言った。そして小さく手を叩いた。

「ミミ太、おいで。ほらおいで。……あかんか。ほら、おやつやで」

またおやつのスティックを見せると、毛糸玉を放ってやってきたミミ太を抱き上げる。

「ええ子やな、ミミ太。なあ、あび野。あんた、この子が来てから一回も抱っこしてへんし、遊んでもあげてへんやん。名前かて呼んであげてへんのちゃう？」

そう言って、ミミ太の両脇を抱えてあび野のほうへと向ける。前肢が短いので、ほとんどバンザイをしているような恰好だ。しかもそこに楕円形《だえんけい》の頭が乗っかっている。

本当なら笑顔になれるだろう。だがミミ太の可愛い仕草を見れば見るほど、罪悪感が増すばかりだ。ミミ太を可愛がろうとすると、千歳を見捨てた気がしてくる。千歳がどこかで見ているように思えるのだ。

「ほら、抱っこしてみ」と、しず江がミミ太を近づけてくるが、あび野は顔を背《そむ》けた。

「うちはええわ。千歳が帰ってきた時に悲しむから」

そしてそそくさと二階の自分の部屋に上がると、枕にうつ伏せてむせび泣いた。

「ちーちゃん。うちはちーちゃんのこと忘れへんよ。他の猫なんか飼わへんよ」

下からは明るい笑い声が聞こえてくる。ミミ太は二人に遊んでもらっているだろう。自分が構わなくても寂しくない。

それでも夜になると、しず江があび野の部屋までミミ太を連れてきた。狭い部屋ではどうしても視界に入ってくるが、無理やり見ない振りをする。ミミ太のほうも人懐こさを引っ込めたように近付いてこない。あび野が古い電灯の紐を引くのを見終わったあと、自分から寝床の籐のカゴに入るのだ。

今夜もまた、ミミ太はちょこんと座ってあび野を見つめた。何かを求めているような瞳。寂しいのだろうか。それとも逆に、あび野がほしいもの、必要なものを見《み》透《す》かしているのだろうか。

見つめ合っていると、ゆり葉の言葉を思い出した。おはぎ。黄な粉をまぶした楕円形のおはぎ。ミミ太の丸々した顔は、本当におはぎのようだ。モチモチして下膨れ。あび野は粒餡もこし餡も好きだ。甘くておなかいっぱいになる。

「ふふ……」

微《かす》かな笑い声に反応して、ミミ太が前のめりになった。短い前肢を浮かせる。ハッとした。ミミ太はきっかけを探している。歩み寄り。様子見。病院でもらった説明書きを思い出す。呼べば、きっと寄ってきてくれるだろう。あの丸っこい頭をスリスリとこすりつけてくるのを想像しただけで胸が苦しくなり、そしてまた罪悪感が押し寄せてくる。

あかん、とまた顔を背ける。

つらいからといって、別の猫で癒されるのは都合がよすぎる。しず江やゆり葉のように受け入れてはいけない。この距離を保たなくては。

しばらくすると、ミミ太は浮かせていた前肢を下ろした。興味を失くしたようだ。

黄な粉色の丸い顔は、どことなく寂しげだった。

あび野は料亭に横付けしたタクシーまでのわずかな間、井岡の手を取った。

「井岡社長。足元がぬかるんでますさかい、気をつけておくれやす」

「よう降ったなあ」

井岡はタクシーに乗り込む前、夜空を見上げた。ついさっきまで土砂降りだったのに、もう雲ひとつない。満月がまるで大きな電球のようにびしょ濡《ぬ》れの石畳を照らしている。

「ほな、あび野。次も頼むわな。今度は須田先生と、なんとかの家いうボランティアのやつも連れてくるさかい、楽しませたってくれや」

「へえ、お待ちしとります」

「その若いの、あび野みたいな別嬪《べっぴん》さんにおうたらびっくりしよるやろうな。動物の話しかしよらん変わり者やからな」

「あら、じゃあうちと気が合うかもしれまへんな。うちも変わり者やさかい。お会いできるの楽しみにしてます」

あび野は井岡を見送ると、他の芸者と一緒に送迎車で引き上げた。途中で姉妹芸者が降り、置屋暮らしのあび野が最後になった。

車窓からも月が見える。それがあまりにも綺麗で、ふと夜道を歩きたくなった。いつもなら遅い時間に一人歩きなどしないが、たまにはいいかと一筋手前で車を降りる。大通りの店の明かりと車のライトに背を向けると、芸妓姿に興味を示す人目もないのでゆっくり歩き出す。

見上げると、吸い込まれそうなほどの大きな満月だ。黄色く煌々《こうこう》と輝いている。それはまるで黄な粉がたっぷりかかったおはぎだ。

「あら……」

あび野は立ち止まった。おはぎを連想するうちに、満月がミミ太に見えてきた。月が黄色くてまん丸で、頭にリボンを乗せたようなミミ太が夜空に浮かんでいる。月がおはぎに見えるだけでもどうかしているのに、更にそれが猫に見えるとは。

「もう……。嫌やわ」

自分でもうんざりして、今度は月からも顔を背ける。

明日だ。明日、ミミ太を返しにいけば、この奇妙なモヤモヤから解放される。千歳のことだけを考えていたいのに、ミミ太がいると気が散って仕方ないのだ。

そう、千歳のことだけ考えなくては。千歳には、私しかいないのだ。

このぽっかり空いた胸の穴を、他のもので埋めるなんて勝手すぎる。千歳が見つからないのに幸せになってはいけない。

濡れた石畳に月明かりが反射して、やけにてらてらと光る。気まぐれな散歩はすぐに終わり、もう置屋の前だ。

玄関の引き戸に手を掛けようとして、ハッとした。一瞬人影かと思って身構えたが、そうではない。濡れた石畳に伸びた影の先にいるのは猫だ。月の明かりを受け、猫が真っ黒の影になっている。高く立てた尻尾のシルエットは、先が少し折れ曲がっている。

まさか、と眉を寄せて目を凝らした。猫が近寄ってくる。暗闇の中から半身が見えた。丸い体に短い肢。尻尾が曲がって見えたのは気のせいだったようだ。

「……ミミ太？」

ヒヤリと冷たい汗がにじんだ。そんなはずはない。この時間ならもう二階の部屋にいるはずだ。だが近寄ってきた猫が鮮明になると、それはやはりミミ太だ。ミミ太が外に出てしまっている。

どうしてまた、こんなことが。

あび野は手を差し出した。するとミミ太がサッと後ろに下がった。体がまた半分闇に飲み込まれる。その顔付きは置屋で見せたものとは違い、警戒している。前肢をひょいと上げ、いつでも走り去れる体勢だ。

「ミ、ミミ太。ええ子やね。こっちおいで。お、おやつあげるで。おやつ、好きやろ」

声を掛ければ掛けるほど、ミミ太が姿勢を低くする。家飼いの動物にとって外の世界は未知だ。興奮と恐怖で人の声など届かない。

ましてや自分の言葉なんてと、あび野は唇を嚙んだ。ミミ太を預かった数日間、せっかく向こうから歩み寄ろうとしてくれたのに、見ない振りをしてきた。心を許していないのは当然だ。

それでも、どうにかしないと。

今、ここでどうにかしないと取り返しがつかない。あの夜のように、追いかけては駄目だ。一歩でも踏み出せば逃げてしまう。

体が震える。怖い。もう二度と、失いたくない。

「ミミ太」

あび野は着物が濡れるのも構わず、石畳にひざまずいた。

「ミミ太、大丈夫やで。おいで」

そしてゆっくりと手を広げる。ミミ太はまだ警戒していて、今にも走って逃げそうだ。涙が浮かんで唇がわななく。

「ミミ太、ごめんね。せっかくうちに来てくれたのに、冷たくして。うちな、ミミ太のことあんまり好きになりたくなかってん。ミミ太を好きになると、千歳を忘れてしまったみたいな気がして、千歳が可哀想で、よう可愛がれへんかってん。ごめんね、ごめんね」

涙が溢れ、流れていく。千歳を失くしたことは後悔してもしきれない。だが、がんじがらめになり目の前が見えなくなっていた。

「ミミ太、行かんといて。置いていかんといて」

あび野は目を閉じて祈った。

帰ってきて。帰ってきて。私の猫。

指先に冷たい物が触れた。ザリザリと紙やすりのような舌で、ミミ太はあび野の指を舐めている。そして丸い顔をこすりつけてきた。

「ミミ太……」

そっとミミ太を抱き上げる。重くて暖かい。長く伸びる体の柔らかさに、フッと笑みが零れる。

あび野は優しくミミ太を抱いたまま、置屋へと入った。ミミ太は何事もなかったかのようにヒラリと玄関に降り、そのまま軽い足取りで奥へと歩いていく。迎えに出てきたしず江は足元をすり抜けたミミ太に驚いている。

「いや、もしかしてミミ太、外に出てしもてたんか？　二階におったはずやのに」

「おかあさん。二回もこんなことが起こるなんて、うちの部屋、どっかから抜け出せるんとちゃうやろか」

「いやあ、かなんわ」

二人は二階のあび野の部屋へ向かった。古い町家の和室だ。入った途端、二人して固まる。

「窓が開いてるやん」しず江は狼狽《ろうばい》している。「ちゃんと鍵がかかってるか確認してからミミ太を上げたはずやのに。うちの見間違いやったんやろうか」

あの夜と同じように、部屋の空気が流れている。あび野は窓に近付いた。少ししか開いていないが、猫なら擦り抜けられる。ミミ太はここから外へ出たのだ。

「おかあさん」

「かんにんえ、あび野。うちのせいでミミ太が千歳みたいに帰ってこれへんようになるところやった。ほんまかんにんえ」

「おかあさん、これ見て。この鍵、こっち側の窓に引っかかってへんのやわ」

窓枠についている半円型のクレセント鍵をまじまじ見る。窓と窓の間に大きな隙間があり、受け側の金具にかからなくなっていた。鍵をかけているのに少し力を入れるだけで窓は簡単に開いた。

「いや、ほんまや。いつの間にこんなに建付けが悪くなってたんやろ」

しず江は呆れている。あび野は何度も窓を開け閉めしてみた。いつから施錠できていなかったのだろうか。外出時には確認しているのに、気付かなかったのだろうか。

どうも納得ができず、窓から身を乗り出して外壁と屋根を覗き見る。すると、壁伝いにある雨樋《あまどい》が下がって窓枠のへりを押していた。しず江もひょいと覗いた。

「ああ、それ、時々雨の重みでトユが外れるねん。ちょっと待ちや。すぐにはまるさかい」

そして手を伸ばして雨樋を押し戻す。外から押されていた枠の軋《きし》みがなくなり、窓と窓の隙間がなくなった。

「このせいで窓が……」

「え？　なんか言うた？」

「ううん。なんもあらへん。おかあさん、危ないし、早いこと大工さん呼んで屋根直してもらお」

「そうやな。明日にでも電話しとくわ」

あび野はゆっくりと鍵を回した。カチッと受け側の金具にはまる。

雨樋が下がるたびに、この鍵は意味をなさなくなっていた。あの日。千歳がいなくなった日の夕方も大雨だった。もしかしたら同じように、簡単に開く状態だったのかもしれない。今更確かめようもないが、心に刺さっていた棘《とげ》が抜けたような気がする。

「あび野ねえさん、ミミ太連れてきたえ。入ってもええ？」

部屋の前で声がした。窓が閉まっていることをしっかり確認し、ドアを開けると、ミミ太を抱いたゆり葉が立っている。

「おおきに、ゆり葉ちゃん」

受け取ろうとしたが、ゆり葉は暗い顔でミミ太を抱き締めたまま放さない。

「ゆり葉ちゃん？　どうしたん」

あび野が聞くと、ゆり葉は首を横に振った。

「うち、返したない。ミミ太を返したない。なあ、おねえさん。このままミミ太を飼ったらあかんやろうか。あび野ねえさんが嫌やったら、うちの部屋から出さへんようにするし、世話も一人でするさかい」

その時初めて気が付いた。つらいのはあび野だけではない。しず江もゆり葉も寂しかったのだ。

猫を飼う。それがどんなに大変なことか、みんなわかっている。飼った経験があっても、前と同じは通用しない。ミミ太は丸い顔をゆり葉の肩口に乗っけている。表面上は人懐こいが、もし一緒に暮らすなら大変なのはこれからで、心を許してもらうためには家族全員が努力をしなくては。

明日、あの病院に行く予定だ。看護師は来なくていいと言っていたが、そうはいかない。ミミ太のことだけではない。あの変な医者にもう一度会って、自分の気持ちを見つめ直したかった。

あび野はミミ太を入れたキャリーケースを持ち、そっと病院のドアを押し開けた。受付には看護師が座っていて、目を上げる。

「あら、来はったんですか。律儀《りちぎ》ですね」

愛想なしは前と同じだ。そしてこの顔。まるで鏡を見ているようではないか。自分にそっくりな顔。自分にそっくりな声。

そんなはずはないと思いながら、ソファに腰かける。

「どうぞ、お入りください」

診察室から男性の声がした。入ると、あの医者が優し気に微笑んでいた。

「ああ、いい顔色ですね。猫がよう効いたみたいですね」

「はあ」

あび野は困惑しながら椅子に座った。この医者も、ニケの飼い主にそっくりだ。

須田病院の待合室でたまに会う彼はいつも黒猫のニケを連れていて、どこかの保護団体の職員だと須田が言っていた。ボランティアをする心療内科医だろうか。雰囲気は違うが、見た目は彼そのものだ。あび野は試すつもりで聞いてみた。

「あの、ニケちゃん、元気にしてはりますか?」

すると医者はニコニコしながら頷いた。

「はい。僕は元気ですよ。それで、猫は帰ってきましたか?」

「え?」

「あなたの猫は帰ってきましたか」

医者の尋ねに、あび野はハッとした。膝の上のケースがモゾモゾと動く。大人しくしていても振動が伝わってくる。ミミ太は今、ここにいる。

「はい。帰ってきました」

「そうですか。そら、よかった。千歳さん、猫持っていって……」

医者がケースを引き取ろうとしたので、あび野は慌てて遮《さえぎ》った。

「あの、いきなりこんなこと言うたら失礼ですけど、ミミ太は先生の猫なんでしょうか？　もし、もしそうなんやったら」

「いやいや、この猫は僕の猫とちゃいますよ」

医者は軽く笑った。

「この子はペットショップの猫なんです。人気のある種類やけど、もっと耳がペチャンコのほうがええらしくて、売れへんまま育ち過ぎてしもたんです。人間は子猫が好きですからね。この子はもう旬を過ぎてしもたらしい」

旬とはひどい言い方だ。あび野はつい眉をひそめたが、医者は平然としている。

「ペットショップも商売やから、育ち過ぎた猫もなんとかしようとして、色んな店舗をぐるぐる回してるんですよ。売り場を移動したら目に留まることもあるらしいんでね。次の場所では飼い主が見つかるとええな。ほな、行こか」

医者はそう言うと、素早くケースを取り上げてカーテンの向こうに行こうとした。あび野はまた引き留めた。

「待ってください。そのペットショップはどこですか？　どのお店に行けは、ミミ太に会えますか？」

「さあ。どこでしょね。本気で探したら、見つかるんちゃいますか」

「そんな」

するとカーテンが開いて、看護師が入ってきた。眉根を寄せた険阻《けんそ》な顔をしている。

「先生、そんないけず言わんと教えてあげたらええやないですか」

そう言って、医者の手からミミ太のケースを奪い取ると、あび野を見た。

「この子は滋賀県の草津《くさつ》にあるショッピングモールにいてますよ」

「草津のショッピングモールですね。そこに行けば、ミミ太に会えるんですね」

「そやけど、こういうのはご縁ですからね。休日になったら家族連れが押し寄せるから、早めに行かはったほうがええんとちゃいますか」

「そ、そうですね。できるだけ早く……」

「私のことは気にせんでええですから」

自分とそっくりな顔をした看護師は、ツンと横を向いた。

「その日、その時、たまたまそういう気分やったっていうだけで、別にあなたを待ってたわけやあらへんかったし、それに、困らせるためにいいひんようになったんでもない。自分で決めて、自分で出て行ったんやさかい、いつまでもメソメソせんといてほしいですわ」

　何を言っているのか意味がわからず、あび野はきょとんとしていた。すると看護師は眉を寄せ、少し恥ずかしそうに、そして取り澄ましたように言った。

「猫なんてね、いっぱいいるんですよ。だからサッサと忘れて、迎えにいったらええですからね。この子、鈍くさそうやし、もっさりしてるけど、まあまあ可愛いですからね。あなたにお似合いなんとちゃいますか」

「あ、ありがと……」

　ちゃんと礼を言う前に看護師はケースを持って出て行った。奇妙な女性だ。愛想はないが、今のは助言してくれたらしい。しず江とゆり葉の希望があっても、まだどこか逡巡《しゅんじゅん》していた。もし条件が整わなければ尻込みしていたかもしれない。

　だが看護師の言葉で気持ちが固まった。

　医者は拗《す》ねるようにブツブツ言っている。

「なんか僕が意地悪みたいやん。千歳さんに気い使ったのに」

「先生」

「はい？」

「家族と話し合ったんです。縁があったら、うちの家でミミ太を飼いたいんですが、どう思わはりますか？」

「どう思うとは？」医者は不思議そうに笑って、首を傾《かし》げた。「僕がどう思うか、それが気がかりですか？」

「いえ、あの……」

言いかけて、あび野は俯いた。ここがどこで、彼が何者なのかわからない。だが答えをくれるのは彼しかいない。意を決して、顔を上げる。

「千歳は、どう思うでしょうか？」

「あはは。そら知りませんわ。さっきはえらい強がってたけど、猫やなくても、どう思うかは当人にしかわかりませんからね。ただ、猫の側から言わせれば、執着しているのは人間だけです。猫にだって、小さいなりにもちゃんと自分の世界があるんです。新しい世界に足を踏み出した瞬間から、もう前を向いてる。たとえそれがどんなにつらい世界やったとしてもね。摑《つか》んだ尻尾を離せへんのは、猫が可哀想やからやない。あなたが寂しいからですよ。でも彼女からは振りほどけへん。今でもあなたを愛してるんでね」

医者は優しく笑った。

「そろそろ手を離して、気持ちよく見送ってあげましょう」

「見送る……」

千歳を引き取った日に須田から言われた。あの時、覚悟したつもりだった。だが覚悟などしていなかった。寂しくて、悲しくて、引き留めることに必死だった。つらい別れをせずにすんだのは、千歳が唐突にいなくなってしまったからだ。

それでも、いなくなったあとも引き留めた。行かないでほしかった。

でも、もう手を離す。飼い主は常に見送る立場だ。

あび野は目を閉じた。鍵尻尾の三毛猫。ツヤツヤの毛。ハチ割れの白い鼻筋。プライドが高くて、思わせぶり。強い意志が目に宿り、甘え方にも品があった。一緒にいた時は独り言ですら言えなかったが、掛ける言葉がたくさんある。

短い時間だったけど幸せだった。守ってあげられなくてごめんね。うちに来てくれてありがとう。

大好き。大好き。大好き。ありがとう。

さようなら。大好き。大好き――。

目を開けると、医者も目を閉じている。こっちが落ち着くまで待ってくれているのだと黙っていると、しばらくしてユラユラと揺れ出した。

「あの、先生？」

「は？」と、医者は目を覚ました。「ああ、もうええんですか」

「え、ええ」

「そうですか。それはよかった。ではもう、ここへは来なくてもいいですね。お大事に」

あび野は何も言わずに頷くと、診察室を出た。殺風景な待合には誰もいない。須田病院の待合に貼り出されたいっぱいの写真や、長椅子で隣り合った飼い主と猫たちを思い出す。飼い主同士は挨拶を交わす程度だったが、ケースに入った猫たちは近くで感じ合うことがあったかもしれない。もしかしたら千歳とニケも、何かを話していたのかもしれない。

受付には看護師が座っている。あび野は会釈《えしゃく》をしてドアノブに手をかけた。すると後ろから声がかかった。

「ずっとって言うてたのに」

「え？」

振り向くが、看護師は取り澄ました顔で目線は上げないままだ。

「あなたのずっとに、いてあげられんでごめんね」そして顔を上げる。薄く笑っていた。「お大事に」

「はあ」

やはりわけがわからないまま、病院を出て、ビルからも出た。見上げると、高いところに青空がある。路地を進みながら電話を掛ける。

「あ、ゆり葉ちゃん。ミミ太ね、草津のショッピングモールにいるんやて。うち、これからお迎えに行こうと……。一緒に来たい？　そやかてお座敷は？　えっ、おかあさんに頼むって……ええか、そやね、一緒に迎えに行こう」

路地を抜け、京都市内の通りに出る。碁盤の目のような通りは、不意にどちらを向いているのかわからなくなる。知った道でも迷子になる。

今は前を向いている。だから迷うことはない。

狭い診察室で、独りぼっちになった。

ニケは椅子に座ったまま天井を見上げた。ここで生まれて、ここで育ったのだ。見た目は違っても匂いは忘れようもない。あの頃はたくさん仲間がいたが、とうとう独りぼっちになってしまった。目を閉じて、静かに孤独をやり過ごす。

勢いよくカーテンが開いた。びっくりして、椅子から落ちそうになる。そんなニケを千歳は冷ややかな目で一瞥した。

「何やってはるんですか、ニケ先生」

「いや、それはこっちのセリフですわ。千歳さん、なんでまだここにおるんですか」

「私がおらんようになったら、誰が受付するんですか。猫の管理は誰がするんですか。先生の面倒は誰が看るんですか」

「そんなん、なんとかなりますって。僕はこう見えても、わりかししっかりしてるんですよ」

「よく言いますね」千歳は呆れている。「私が見張ってへんかったら居眠りばっかりするくせに。猫の処方かって、毎回、深く考えてないでしょ。今まではうまいことといったけど、もし行き場のない子がお迎えされへんかったらどうするつもりですか」

「いやいや、大丈夫ですって。僕はいつも猫見て、人見て、処方してますから」

「ほんまですか？　運と勘に頼ってるんとちゃいます？」

お見通しとばかりの千歳に、ニケは少し拗《す》ねて俯く。

「そんなことは……。とにかく千歳さんの患者さんはもう来はったんやから、僕のことは気にせんといてください」

「今更、何言うてるんですか」

千歳は呆れたように深々とため息をついた。

「腐れ縁ですよ、ニケ先生。先生の患者さんが来るまでお付き合いします」

「いやあ、そやけど」

口元がほころぶのを抑えられず、ニケはニヤニヤとした。入口のほうで音がする。誰かが呼んでいる。千歳はカーテンの隙間をチラと見た。

「あら、患者さんが来ましたね。予約の患者さんやといいけど」

「違うんちゃうかな。女の人みたいやし。風の噂かなんか知らんけど、広まってかなんなあ。昼寝する暇もあらへん」

「よく言いますわ。今も寝てたやないですか」

「いや、寝てませんよ。さっきは一人しみじみと孤独を感じてやね」

「風の噂も、意外と当てになるかもしれませんよ。色んなところで吹いて、私の飼い主さんを連れてきてくれましたからね。時間はかかっても、いずれニケ先生の患者さんも来てくれはりますよ。ほら、案内してきますから、シャンとしてくださ い」

相変わらずの愛想なしで、千歳はカーテンの奥へと引っ込んだ。しばらくすると、暗い顔をした若い女性が入ってきた。どこかの誰かから聞いた頼りない情報で、ここへたどり着いてしまったらしい。不安そうにオドオドしている。ニケは話を聞き終わると、にっこり笑って言った。

「では、猫を処方します。千歳さん。猫持ってきて」


〈了〉

著者エージェント／アップルシード・エージェンシー
目次・扉デザイン——岡本歌織（next door design）
イラスト——霜田有沙

本書は、書き下ろし作品です。

著者紹介
石田 祥（いしだ しょう）
1975年、京都府生まれ。高校卒業後、金融会社に入社し、のちに通信会社勤務の傍ら小説の執筆を始める。2014年、第9回日本ラブストーリー大賞へ応募した『トマトの先生』が大賞を受賞し、デビュー。他の著書に「ドッグカフェ・ワンノアール」シリーズ、『元カレの猫を、預かりまして。』『夜は不思議などうぶつえん』がある。

ＰＨＰ文芸文庫　猫を処方いたします。

2023年３月22日　第１版第１刷
2024年９月27日　第１版第12刷

著　者　石田　祥
発行者　永田貴之
発行所　株式会社ＰＨＰ研究所
東京本部　〒135-8137 江東区豊洲5-6-52
文化事業部　☎03-3520-9620(編集)
普及部　☎03-3520-9630(販売)
京都本部　〒601-8411 京都市南区西九条北ノ内町11
PHP INTERFACE　https://www.php.co.jp/
組　版　朝日メディアインターナショナル株式会社
印刷所　大日本印刷株式会社
製本所　東京美術紙工協業組合

ISBN978-4-569-90288-3